Jack London

In den Wäldern des Nordens

Erzählungen

Bibliografische Information der Deutschen Nationalbibliothek:
Die Deutsche Nationalbibliothek verzeichnet diese Publikation in der Deutschen Nationalbibliografie; detaillierte bibliografische Daten sind im Internet über http://dnb.dnb.de abrufbar.

Herstellung und Verlag: BoD – Books on Demand, Norderstedt

ISBN: 978-3-7460-7691-1

Inhaltsverzeichnis

In den Wäldern des Nordens

Nach einer beschwerlichen Reise bis hinter das letzte verkrüppelte Buschwerk und wuchernde Unterholz, hinter tiefen Einöden, wo der karge Norden der Erde alles zu verweigern scheint, stößt man auf weite Waldgebiete und Striche lächelnden Landes. Aber das hat die Welt erst jetzt erfahren. Einige Forschungsreisende haben es gewußt, aber keiner von ihnen kehrte bisher zurück, um es der Welt zu verraten.

Einöden – ja, es sind Einöden, dieses traurige Land des Nordens, diese Wüsten des Polarkreises, sie, die frostige, rauhe Heimat des Moschusochsen, die unfruchtbare, karge Stätte des mageren Steppenwolfes. So fand Avery Van Brunt sie, baumlos und freudlos, kaum mit Moos und Flechten bewachsen und so gar nicht einladend. So fand er sie wenigstens, bis er zu den weißen Stellen auf der Landkarte vordrang und auf ungeahnte reiche Fichtenwälder und auf nirgends verzeichnete Eskimostämme stieß. Er hatte die Absicht – und den Ehrgeiz – gehabt, diese weißen Stellen auf der Karte auszufüllen, indem er in buntem Wechsel Gebirgsketten, Seen und Flußbetten, sich schlängelnde Ströme einzeichnete, und mit wachsendem Entzücken malte er sich die Möglichkeit eines Gürtels von Nutzholz und heimischen Dörfern aus.

Avery Van Brunt, oder mit seinem vollen Titel: A. Van Brunt, Professor am Geologischen Vermessungsinstitut, war Nächstkommandierender der Expedition und Führer der Unterexpedition, die er selbst auf einem Abstecher 500 Meilen weit durch die Täler des Thelon hinauf geleitet hatte, und jetzt in eines der nicht verzeichneten Dörfer führte. Hinter ihm mühten sich unverdrossen auf seiner Fährte acht Männer: zwei französisch-kanadische Reisende, die übrigen stämmige Crees von der Manitoba-Straße. Er allein war Vollblut-Angelsachse, und das Blut rollte, durch die Tradition seiner Rasse geheiligt, stolz durch seine Adern. Mit ihm schritten Clive und Hastings, Drake und Raleigh, Hengest und Horsa. Als erster aller Männer seiner Rasse sollte er dies weltabgeschiedene Dorf des Nordlandes betreten. Bei diesem Gedanken überkam ihn ein Triumphgefühl, eine frohe Erregung, und seine Kameraden bemerkten, wie seine Müdigkeit wich und wie er unversehens seinen Schritt beschleunigte.

Das Dorf leerte sich und eine buntscheckige Menge zog ihm dichtgeschart entgegen: voran die Männer, Bogen und Speere drohend in den Fäusten, als Nachtrab schüchtern Frauen und Kinder. Van Brunt hob den rechten Arm und gab das übliche Friedenszeichen, ein Zeichen, das alle Völker verstehen, und die Dorfbewohner antworteten mit dem Zeichen des Friedens. Aber da lief zu seinem Kummer ein fellbekleideter Mann vor und streckte die Hand mit einem vertraulichen »Hallo« aus. Es war ein bärtiger Mann, Wangen und Stirn bronzefarbig verbrannt, und in ihm erkannte Van Brunt einen seiner eignen Rasse.

»Wer sind Sie?« fragte er, die ausgestreckte Hand ergreifend. »Andrée?«

»Wer ist Andrée?« fragte der Mann seinerseits.

Van Brunt sah ihn schärfer an. »Bei Gott, Sie müssen eine gute Weile hier gelebt haben.«

»Fünf Jahre«, antwortete jener, und ein düsterer Schimmer von Stolz leuchtete in seinen Augen. »Aber kommen Sie, lassen Sie uns plaudern.

Lassen Sie sie hier lagern«, beantwortete er den fragenden Blick, den Van Brunt auf seine Leute warf. »Der alte Tantlatch wird für sie sorgen. Kommen Sie.«

Mit langen Schritten ging er. Van Brunt folgte ihm auf dem Fuße durch das ganze Dorf. Unregelmäßig, wo sich gerade eine günstige Stelle bot, waren die Zelte aus Elchfellen aufgeschlagen. Van Brunt ließ seinen erfahrenen Blick darüber hingleiten und berechnete.

»Zweihundert außer den Kindern«, schätzte er.

Der Mann nickte. »So ungefähr. Aber hier wohne ich, etwas außerhalb, wissen Sie – mehr für mich. Nehmen Sie Platz. Ich esse mit Ihnen, wenn Ihre Leute abkochen. Ich habe ganz vergessen, wie Tee schmeckt ... Fünf Jahre, und weder geschmeckt noch gerochen ... Etwas Tabak? ... Ah, danke, und eine Pfeife? Gut. Und nun noch ein Zündholz, und dann wollen wir sehen, ob das alte Kraut noch seine Zaubermacht besitzt.«

Mit der peinlichen Vorsicht eines Waldbewohners strich er das Zündholz an, freute sich an der jungen Flamme, als hätte es noch nie etwas Ähnliches in der Welt gegeben, und zog den ersten Mundvoll Rauch ein. Er hielt ihn eine Weile nachdenklich zurück und blies ihn dann mit spitzen Lippen langsam und zärtlich aus. Als er sich zurücklehnte, war sein Ausdruck milder, und ein weicher Schimmer trat in seine Augen. Er seufzte tief und glücklich, mit unermeßlicher Zufriedenheit und sagte plötzlich:

»Weiß Gott! Das schmeckt!«

Van Brunt nickte verständnisvoll. »Fünf Jahre, sagen Sie?«

»Fünf Jahre.« Der Mann seufzte wieder. »Und ich nehme an, Sie möchten darüber hören, sind natürlich neugierig; es ist ja auch eine seltsame Situation, das stimmt. Aber es ist nicht viel zu erzählen. Ich kam von Edmonton auf der Jagd nach Moschusochsen, hatte Pech wie Pike und die andern und verlor meine Leute und meine Ausrüstung. Hunger, Entbehrung, die alte Geschichte, wissen Sie:, der einzige Überlebende und so weiter, bis ich auf Händen und Füßen hier bei Tantlatch angekrochen kam.«

»Fünf Jahre«, murmelte Van Brunt nachdenklich und suchte in seiner Erinnerung.

»Im Februar waren es fünf Jahre. Anfang Mai kam ich über den Great Slave —«

»Und Sie sind ... Fairfax?« unterbrach Van Brunt ihn.

Der Mann nickte.

»Warten Sie ... John, nicht wahr, John Fairfax.«

»Woher wissen Sie?« fragte Fairfax träge und mit seinen Gedanken beschäftigt, während er Rauchspiralen in die stille Luft steigen ließ.

»Die Zeitungen waren voll davon, als Prevanche ...«

»Prevanche!« Fairfax setzte sich, plötzlich munter geworden, auf. »Er verschwand in den Smoke Mountains.«

»Ja, aber er arbeitete sich durch und kam dann heraus.«

Fairfax lehnte sich zurück und wandte sich von neuem seinen Rauchspiralen zu. »Das freut mich«, meinte er nachdenklich. »Prevanche war ein Prachtkerl, wenn er auch seine eigenen Ideen über das Zaumzeug von Zugtieren hatte, das Biest. Und er kam wirklich durch? Wahrhaftig, das freut mich.«

Fünf Jahre – das fuhr Van Brunt immer wieder durch den Sinn, und irgendwie schien Emily Southwaithes Antlitz vor ihm aufzutauchen und lebendig zu werden. Fünf Jahre ... Ein Keil von Wildgänsen schwebte niedrig über ihnen, und beim Anblick des Lagers schwenkten sie schnell nach Norden ab in die glimmende Sonne.

Es war eine Stunde nach Mitternacht. Die Wolken im Norden färbten sich plötzlich blutig, dunkelrote Strahlen schossen südwärts, und die düsteren Wälder brannten in einem blassen Feuer. Die Luft hing in atemloser Stille, keine Nadel zitterte, und die letzten Töne vom Lager kamen klar und deutlich herüber wie Trompetenschall. Crees und Reisende spürten einen Hauch davon, murmelten leise und träumerisch, und der Koch dämpfte unbewußt das Rasseln der Töpfe und Pfannen. Irgendwo weinte ein Kind, und aus der Tiefe des Waldes erhob sich wie das Klingen einer silbernen Saite das Klagelied einer Frauenstimme: »O-o-o-o-o-a-haaha-a-ha-aa-a-a, O-o-o-o-o-o-a-ha-a-ha-a.«

Van Brunt erschauerte, und er rieb sich kräftig seine Handrücken.

»Und sie gaben mich auf, dachten, ich sei tot?« fragte sein Genosse langsam.

»Ja, Sie kamen nie zurück, und da haben Ihre Freunde – – «

»Mich prompt vergessen.« Fairfax lachte hart und verächtlich.

»Warum kamen Sie nicht wieder?«

»Teils aus Widerwillen, denke ich, und teils aus Ursachen, über die ich keine Macht hatte. Sehen Sie, Tantlatch hatte sich den Fuß gebrochen, als ich seine Bekanntschaft machte – es war ein häßlicher Bruch – und ich renkte ihn ein und bekam ihn wieder zurecht. Ich blieb einige Zeit und kam wieder zu Kräften. Ich war der erste Weiße, den er gesehen hatte, und natürlich erschien ich ihm sehr weise, und tatsächlich zeigte ich seinem Volke unendlich viele Dinge. Unter anderm paukte ich ihnen Strategie ein, so daß sie die vier andern zum Stamme gehörenden Dörfer, die Sie noch nicht gesehen haben, besiegten und Herren des Landes wurden. Und natürlich hielten sie viel von mir, so viel, daß sie nichts davon hören wollten, als ich daran dachte, wieder aufzubrechen. Sie waren wirklich sehr gastfrei, stellten ein paar Wächter an und bewachten mich Tag und Nacht. Und dann gebrauchte Tantlatch gewissermaßen Lockmittel – er überredete mich sozusagen, und da es so oder so doch keinen großen Unterschied machte, so fand ich mich damit ab und blieb.«

»Ich kannte Ihren Bruder in Freiburg. Ich bin Van Brunt.«

Fairfax streckte impulsiv die Hand aus und schüttelte die des andern. »Wie, Sie sind der Freund Billys? Armer Billy! Er sprach oft von Ihnen.

Und ausgerechnet hier müssen wir uns treffen«, fügte er hinzu, ließ seinen Blick über die urweltliche Landschaft schweifen und lauschte einen Augenblick auf die Trauerklage der Frau. »Ihr Mann ist von einem Bären zerrissen worden, und sie kommt schwer darüber hinweg.«

»Scheußliches Leben!« Van Brunt schnitt eine Grimasse des Ekels. »Ich denke, nach fünf Jahren muß Zivilisation süß schmecken? Was meinen Sie?«

Das Gesicht von Fairfax nahm einen schlaffen Ausdruck an. »Ach, ich weiß nicht. Schließlich sind es ehrliche Menschen, und sie leben ihrer Einsicht gemäß. Und dazu sind sie bewundernswert einfach. Nichts Kompliziertes, nicht tausend feine Verästelungen jeder Gefühlsregung. Sie lieben, fürchten, hassen, ärgern und freuen sich in gewöhnlichen, offenen, unfehlbaren Ausdrücken. Es mag ein scheußliches Leben sein, aber es lebt sich wenigstens leicht. Keine Liebelei, keine Zeitvergeudung. Wenn eine Frau Sie liebt, wird sie nicht zögern, es Ihnen zu sagen. Haßt sie Sie, so wird sie es auch sagen, und wenn Sie dann Lust dazu haben, können Sie sie schlagen. Die Hauptsache ist, daß sie genau weiß, was Sie meinen und umgekehrt. Keine Irrtümer, keine Mißverständnisse. Das hat seinen Reiz nach dem krampfhaften Fieber der Zivilisation. Verstehen Sie das?

Nein, es ist ein ganz gutes Leben,« fuhr er nach einer Pause fort, »gut genug, wenigstens für mich, und ich gedenke es fortzusetzen.«

Van Brunt senkte nachdenklich den Kopf, und ein unmerkliches Lächeln spielte auf seinen Lippen. Keine Liebelei, keine Tändelei, kein Mißverständnis. Nun, Fairfax nimmt es auch nicht leicht, dachte er, eben weil Emily Southwaithe versehentlich in die Klauen eines Bären geriet. Und er war auch kein schlechter Bär, dieser Carlton Southwaithe.

»Aber Sie werden doch mit mir kommen«, meinte Van Brunt vorsichtig.

»Nein.« – »Doch.«

»Das Leben ist zu leicht hier, wie gesagt.« Fairfax sprach mit Entschiedenheit. »Sommer und Winter wechseln wie das Flammen der Sonne durch die Latten eines Zaunes, die Jahreszeiten sind ein nebelhaftes Etwas zwischen Licht und Schatten, die Zeit flieht, und das Leben zerrinnt, und dann ... eine Klage im Walde und die Finsternis. Hören Sie!« Er streckte die Hand in die Höhe, und durch die Stille und Einsamkeit ertönte die silberne Saite von der Trauer des Weibes. Fairfax stimmte leise mit ein.

»O-o-o-o-o-o-a-haa-ha-a-aa-a-a,   O-o-o-o-o-o-a-ha-a-haa«, sang er. »Hören Sie nicht? Sehen Sie nicht? Die Klage eines Weibes? Das Totenlied? Meine Haare weißlockig und ehrwürdig? Die rauhe Pracht meiner Pelze, in die ich gehüllt bin? Der Jagdspeer an meiner Seite? Wer kann da sagen, es sei nicht gut so?«

Van Brunt blickte ihn kühl an. »Fairfax, Sie sind ein Narr. Fünf solche Jahre genügen, um einen Mann zu knicken, und Sie befinden sich in einer ungesunden, krankhaften Verfassung. Übrigens: Carlton Southwaithe ist tot.«

Van Brunt stopfte seine Pfeife, steckte sie an und beobachtete den andern vorsichtig und mit fast berufsmäßigem Interesse. Einen Augenblick blitzten Fairfax' Augen auf, seine Fäuste ballten sich, und er erhob sich halb; dann erschlafften seine Muskeln, er schien zu grübeln. Michael, der Koch, meldete, daß das Essen fertig sei, aber Van Brunt winkte ihm, daß er noch warten wolle. Das Schweigen war drückend, und er hatte den Einfall, die Gerüche des Waldes zu analysieren, diese Düfte modernder und verwesender Vegetation, dann die harzigen der Tannenzapfen und Nadeln, den aromatischen Rauch von vielen Lagerfeuern. Zweimal blickte Fairfax auf, ohne etwas zu sagen, dann kam es:

»Und ... Emily ...?«

»Seit drei Jahren Witwe, und immer noch Witwe.«

Wieder Schweigen, ein langes Schweigen, das Fairfax endlich mit naivem Lächeln brach. »Sie haben wohl recht, Van Brunt. Ich komme mit.«

»Ich wußte es.« Van Brunt legte Fairlax die Hand auf die Schulter. »Man kann natürlich nicht wissen, aber ich glaube – eine Frau in ihrer Lage – sie hatte Anträge – –«

»Wann brechen Sie auf?« unterbrach Fairfax ihn.

»Wenn die Leute etwas geschlafen haben. Dabei fällt mir ein, daß Michael böse wird; kommen Sie, wir wollen essen.«

Nach dem Abendbrot, nachdem die Crees und die Reisenden sich in ihre Decken gehüllt hatten und schnarchten, saßen die beiden Männer noch an dem erlöschenden Feuer. Sie hatten viel zu reden – von Kriegen und Politik, Forschungsreisen, Männertaten und Ereignissen, Freunden, Heiraten und Todesfällen – von fünfjährigem Geschehen, auf das Fairfax brannte.

»So wurde die spanische Flotte bei Santiago erledigt«, sagte Van Brunt gerade, als eine junge Frau mit leichtem Schritt zu ihnen trat und neben Fairfax stehenblieb. Sie blickte ihm rasch ins Gesicht und warf einen verwirrten Blick auf Van Brunt.

»Die Tochter des Häuptlings Tantlatch, eine Art Prinzessin«, erklärte Fairfax mit ehrlichem Erröten, »– um es gleich zu gestehen, eines von den Lockmitteln, die mich hierbleiben ließen. Thom, das ist mein Freund, Van Brunt.«

Van Brunt streckte die Hand aus, aber die Frau verharrte in ihrer starren Ruhe, die über ihrer ganzen Erscheinung lag. Weder wurde eine Linie in ihrem Antlitz sanfter, noch entspannten sich ihre Züge. Ihr Blick begegnete dem seinen durchdringend, fragend, suchend.

»Köstlich, sie versteht es!« lachte Fairfax. »Ihre erste Vorstellung, wissen Sie. Aber wie sagten Sie, die spanische Flotte wurde bei Santiago vernichtet?«

Thom kauerte neben ihrem Gatten nieder, reglos wie eine Bronzestatue, nur ihre Blicke wanderten unaufhörlich spähend von Angesicht zu Angesicht. Und während Avery Van Brunt immer weiter sprach, spürte er unter dem stummen Blick eine gewisse Nervosität. Mitten in malerischen Schlachtenschilderungen fühlte er plötzlich das schwarze Auge auf sich brennen, und dann stotterte und stammelte er, bis er seine Haltung wiedergewann und wieder in Gang kam.

Die Hände um die Knie geschlungen, mit erloschener Pfeife und in tiefem Sinnen trieb Fairfax ihn an, wenn er zögerte, und malte sieh die Welt wieder, die er vergessen zu haben glaubte.

Eine oder zwei Stunden vergingen, dann erhob Fairfax sieh zaudernd. »Und Cronje wurde in die Enge getrieben, wie? Na ja, warten Sie einen Augenblick, ich gehe nur schnell zu Tantlatch hinüber. Er wird Sie erwarten, und ich werde es so einrichten, daß Sie ihn nach dem Frühstück begrüßen können. Das ist Ihnen doch recht, nicht wahr?«

Er verschwand zwischen den Kiefern, und Van Brunt fand sich, wie er in das warme Auge Thoms starrte. Fünf Jahre, überlegte er, und sie kann jetzt nicht älter als zwanzig sein. Ihre Nase war nicht flach und gleichsam breitgedrückt wie die der Eskimofrauen, sondern adlerhaft mit zarten Flügeln und so fein gebildet wie die einer Dame weißer Rasse –. Also irgendwie Indianerblut, verlaß dich drauf, Avery Van Brunt. Und sei nicht nervös, Avery Van Brunt, sie wird dich nicht auffressen; sie ist nur eine Frau, und noch dazu keine häßliche. Eher orientalisch als arktisch. Große und weit offene Augen mit einer ganz schwachen Andeutung von Mongolentum. Thom, du bist eine Anomalie. Du gehörst nicht zu den Eskimos, selbst wenn dein Vater einer ist. Wo kam deine Mutter her? Oder deine Großmutter? Und Thom, liebes Kind, du bist eine Schönheit, eine eisige, frostige kleine Schönheit mit Alaska-Lava im Blut, und bitte, schau mich nicht so an. Er lachte und stand auf. Ihr unausgesetztes Starren verwirrte ihn. Ein Hund schnupperte an den Nahrungsmittelsäcken. Er wollte ihn vertreiben und den Proviant in Sicherheit bringen, bis Fairfax wiederkam. Aber Thom hinderte ihn mit einer Handbewegung daran und stand, ihn musternd, auf.

»Du?« sagte sie in einem arktischen Dialekt, der fast ohne Abweichungen von Grönland bis Point Barrow gesprochen wird. »Du?«

Und der Ausdruck, der schnell auf ihr Gesicht trat, verriet alles, was sie mit diesem »Du« meinte: die Frage, warum er hier sei, was er wolle, was er mit ihrem Manne zu schaffen habe – alles.

»Brüder«, antwortete er im selben Dialekt, indem er mit der Hand nach Süden wies. »Brüder sind wir, dein Mann und ich.«

Sie schüttelte den Kopf. »Es ist nicht gut, daß du hier bist.«

»Nach einem Schlaf gehe ich.«

»Und mein Mann?« fragte sie mit zitterndem Eifer. Van Brunt zuckte die Achseln. Ihn überkam ein gewisses heimliches Schamgefühl, eine Art unpersönlicher Scham, und ein Zorn auf Fairfax. Und als er die junge Wilde ansah, spürte er das heiße Blut, das ihm ins Gesicht stieg. Sie war eben Weib. Das sagte alles – Weib. Wieder einmal die alte niederträchtige Geschichte, immer wieder, so alt wie Eva und so jung wie der letzte Liebeskuß.

»Mein Mann! Mein Mann! Mein Mann!« wiederholte sie heftig, indem sie ihm mit leidenschaftlich gerötetem Gesicht und der unbarmherzigen Milde des ewigen Weibes in die Augen blickte.

»Thom,« sagte er ernst auf englisch, »du bist in den Wäldern des Nordlandes geboren, du hast Fisch und Fleisch gegessen, mit Kälte und Hunger gekämpft und alle deine Tage einfach gelebt. Und es gibt viele Dinge, die wahrlich nicht einfach sind, die du nicht kennst und nicht verstehen kannst. Du weißt nicht, was es heißt, sich nach fernen Fleischtöpfen zu sehnen, du kannst nicht verstehen, was es heißt, Verlangen nach dem Antlitz einer schönen Frau zu tragen. Und die Frau ist schön, Thom, die Frau ist sehr schön. Du warst diesem Manne eine Frau, und du warst ihm alles, was du konntest, aber dein ›Alles‹ ist sehr wenig und sehr einfach. Zu wenig und zu einfach, und er ist ein Mann von einer fremden Rasse. Ihn hast du nie gekannt und wirst ihn nie kennen. Es ist so bestimmt. Du hieltest ihn in deinen Armen, aber du hieltest nie sein Herz, das Herz dieses Mannes, dem die Jahreszeiten wechselnde Farben sind, und dessen Träume barbarisch enden. Traum und Traumdunst, das ist er dir gewesen. Du griffst nach einer Gestalt und faßtest einen Schatten, schenktest dich einem Manne und warst die Bettgenossin eines Gespenstes. So ging es in alten Zeiten den Töchtern der Menschen, wenn die Götter sie schön fanden. Und doch, Thom, Thom, ich möchte nicht John Fairfax sein in den schlaflosen Nächten der kommenden Jahre, in den Nächten, da seine Augen nicht den Sonnenglanz von dem Haare der Frau an seiner Seite, sondern die dunklen Flechten einer Gefährtin sehen werden, die er in den Wäldern des Nordens verlassen hat.«

Obwohl sie ihn nicht verstand, hatte sie mit gespannter Aufmerksamkeit gelauscht, als hinge ihr Leben von seinen Worten ab. Aber sie erfaßte den Namen ihres Gatten und rief auf eskimoisch:

»Ja, ja, Fairfax! Mein Mann!«

»Armes Närrchen, wie könnte er dein Mann sein?«

Aber sie verstand seine englische Sprache nicht und glaubte, daß er sich über sie lustig mache. Der triebhafte, unvernünftige Zorn des Weibchens flammte auf ihrem Gesicht, und es schien dem Manne fast, als kröche sie wie ein Panther zum Sprunge zusammen. Er fluchte leise bei sich und sah, wie die Flamme von ihrem Antlitz wich und die weiche strahlende Glut des flehenden Weibes sich entzündete – des flehenden Weibes, das auf Stärke verzichtet und sich wohlweislich mit seiner Schwäche waffnet.

»Er ist mein Mann«, sagte sie sanft. »Ich habe nie einen andern gekannt. Es kann nicht sein, daß ich je einen andern kennen werde. Es kann auch nicht sein, daß er von mir geht.«

»Wer hat gesagt, daß er von dir gehen soll?« fragte er scharf, halb im Zorn, halb in Ohnmacht.

»Du mußt sagen, daß er nicht von mir gehen soll«, antwortete sie sanft und mit Tränen in der Stimme.

Van Brunt stieß zornig mit dem Fuß ins Feuer und setzte sich nieder.

»Du mußt es ihm sagen. Er ist mein Mann. Vor allen Frauen ist er mein Mann. Du bist groß, du bist stark, und sieh, ich bin schwach. Sieh, ich liege zu deinen Füßen. Du hast es in der Hand, mit mir zu tun, was du willst. Es ist deine Sache.«

»Steh auf!« Er riß sie heftig hoch und stand selbst auf. »Du bist ein Weib, und deshalb darfst du nicht zu Füßen eines Mannes liegen.«

»Er ist mein Mann.«

»Dann verzeihe Christus allen Männern!« rief Van Brunt leidenschaftlich.

»Er ist mein Mann!« wiederholte sie eintönig und flehend.

»Er ist mein Bruder«, antwortete er.

»Mein Vater ist der Häuptling Tantlatch. Er herrscht über fünf Dörfer. Ich will dafür sorgen, daß die fünf Dörfer durchsucht werden nach einem Mädchen, das dir gefällt, so daß du in Wohlbehagen hier bei deinem Bruder leben kannst.«

»Nach einem Schlaf gehe ich fort.«

»Dort kommt mein Mann. Sieh!«

Aus dem Dunkel der Fichten erklang Fairfax' Stimme in munterm Trällern.

Wie der Tag durch ein Nebelmeer verdrängt wird, so vertrieb sein Gesang das Licht von ihrem Antlitz.

»Es ist die Sprache seines eigenen Volkes,« sagte sie, »die Sprache seines eigenen Volkes.«

Sie wandte sich mit den leichten Bewegungen eines geschmeidigen jungen Tieres und verschwand im Walde.

»Alles in Ordnung«, rief Fairfax im Näherkommen. »Seine Majestät werden Sie nach dem Frühstück empfangen.«

»Haben Sie es ihm gesagt?« fragte Van Brunt.

»Nein. Ich will es ihm auch nicht sagen, ehe wir marschfertig sind.«

Van Brunt warf verstimmt einen Blick auf die schlafenden Gestalten seiner Leute.

»Ich werde froh sein, wenn wir hundert Meilen von hier fort sind«, sagte er.

Thom hob den Fellvorhang von der Hütte ihres Vaters. Zwei Männer saßen drinnen bei ihm, und alle drei blickten sie mit lebhaftem Interesse an. Aber ihr Gesicht verriet nichts, als sie eintrat und sich schweigend niederließ. Tantlatch trommelte mit den Knöcheln auf einem Speerschaft, den er über seine Knie gelegt hatte, und starrte träge einem Sonnenstrahl nach, der durch ein Schnürloch fiel und eine schimmernde Spur in die trübe Luft der Hütte zeichnete. An seiner rechten Schulter kauerte Chugungatte, der Schamane. Beides waren alte Männer, und die Müdigkeit vieler Jahre nistete in ihren Augen. Ihnen gegenüber aber saß Keen, ein junger und im Stamme sehr beliebter Mann. Er hatte rasche und lebhafte Bewegungen, und seine schwarzen Augen blitzten unaufhörlich forschend und herausfordernd von einem Antlitz zum andern. Es war still in der Hütte. Hin und wieder drang der Lärm vom Lager herein, und in der Ferne klang schwach wie die Schatten von Stimmen das Zanken von Knaben in dünnen, schrillen Tönen. Ein Hund steckte plötzlich den Kopf zum Eingang herein und blinzelte die Versammelten eine Weile wolfsartig an, während der Geifer von seinen elfenbeinweißen Fangzähnen tropfte. Nach einer Weile knurrte er aufreizend, senkte dann aber, durch die Unbeweglichkeit der menschlichen Gestalten erschreckt, wieder den Kopf und kroch rückwärts hinaus. Tantlatch blickte seine Tochter gleichgültig an.

»Und dein Mann, wie steht es mit ihm und dir?«

»Er singt fremdartige Lieder,« antwortete Thom, »und es ist ein neuer Ausdruck in seinem Gesicht.«

»So? Hat er gesprochen?«

»Nein, aber es ist ein neuer Ausdruck in seinem Gesicht, ein neues Licht in seinen Augen, und er sitzt mit dem Fremden am Feuer, und sie reden und reden, reden ohne Ende.«

Chugungatte flüsterte seinem Herrn etwas ins Ohr, und Keen bog sich in den Hüften vor.

»Irgend etwas ruft ihn aus der Ferne,« fuhr sie fort, »und er scheint zu lauschen und mit einem Lied in der Sprache seines eigenen Volkes zu antworten.«

Wieder flüsterte Chugungatte, Keen bog sich vor, und Thom schwieg, bis ihr Vater ihr zunickte, daß sie fortfahren solle.

»Du weißt, Tantlatch, daß Wildgans und Schwan und die kleine Krickente hier im Tieflande geboren werden. Und du weißt, daß sie vor dem Froste in unbekannte Länder fliehen, und ebenso weißt du, daß sie stets zurückkehren, wenn die Sonne über dem Lande steht und die Wasserläufe frei sind. Stets kehren sie dorthin zurück, wo sie geboren sind, damit dort neues Leben entstehen kann. Das Land ruft sie, und sie kommen. Und jetzt ruft ein anderes Land, und es ruft meinen Mann – das Land, in dem er geboren ist –, und er gedenkt, dem Rufe zu folgen. Dennoch ist er mein Mann. Vor allen Frauen ist er mein Mann.«

»Ist das gut, Tantlatch? Ist das gut?« fragte Chugungatte mit einer leisen Drohung in der Stimme.

»Ja, es ist gut!« rief Keen dreist. »Das Land ruft seine Kinder, alle Länder rufen ihre Kinder wieder. Wie Wildgans und Schwan und die kleine Krickente gerufen werden, so auch dieser Fremdling, der bei uns verweilt hat und nun gehen muß. Auch das Geschlecht ruft. Die Gans paart sich mit der Gans, und der Schwan paart sich nicht mit der kleinen Krickente. Es tut nicht gut, wenn der Schwan sich mit der kleinen Krickente paart. Und es tut auch nicht gut, wenn Fremdlinge sich ihre Weiber in unsern Dörfern suchen. Daher sage ich, daß der Mann zu seinem eigenen Geschlecht in sein eigenes Land gehen soll.«

»Er ist mein Mann,« antwortete Thom, »und er ist ein großer Mann.«

»Ja, er ist ein großer Mann.« Chugungatte hob den Kopf mit einem leisen Erwachen jugendlicher Kraft. »Er ist ein großer Mann, und er hat deinem Arm Stärke geschenkt, o Tantlatch, hat dir Macht gegeben und deinen Namen gefürchtet im Lande gemacht, gefürchtet und geehrt. Er ist sehr weise, und seine Weisheit bringt viel Nutzen. Ihm haben wir vieles zu verdanken – die Anwendung von Kriegslisten und die Geheimnisse einer Verteidigung des Dorfes und bei Überfällen im Walde, die Abhaltung von Beratungen, Besiegung des Feindes durch Worte und feierliche Versprechungen, Einkreisung des Wildes, das Stellen von Fallen, die Aufbewahrung von Nahrungsmitteln und die Heilung von Krankheit und Wunden auf der Jagd und im Kampfe. Du, Tantlatch, würdest heute ein lahmer alter Mann sein, wäre der Fremdling nicht zu uns gekommen und hätte dich gepflegt. Und stets, wenn wir im Zweifel über eine schwierige Frage waren, sind wir zu ihm gegangen, daß er uns durch seine Weisheit Rat schaffte, und stets hat er uns Rat geschafft. Und es werden immer wieder Fragen kommen, da wir sein Wissen brauchen werden. Wir können ihn deshalb nicht gehen lassen. Es ist nicht gut, ihn gehen zu lassen.«

Tantlatch trommelte weiter auf dem Speerschaft und gab kein Zeichen, daß er zugehört hatte. Thom forschte vergebens in seinem Gesicht, Chugungatte schien einzuschrumpfen und zusammenzusinken, als ob die Last der Jahre wieder auf ihn fiele.

»Niemand tötet meine Beute.« Keen schlug sich kräftig vor die Brust. »Ich töte meine Beute selbst. Ich freue mich des Lebens, wenn ich meine Beute töte. Wenn ich mich über den Schnee an den großen Elch anpürsche, so bin ich glücklich. Und wenn ich mit voller Kraft den Bogen spanne und ihm den Pfeil scharf und schnell ins Herz jage, so bin ich glücklich. Und das Fleisch von der Beute, die ein anderer Mann gefällt hat, schmeckt mir nicht so gut wie das von meiner eigenen Beute. Ich freue mich des Lebens, freue mich meiner eigenen List und Kraft, freue mich, daß ich etwas ausrichte, etwas für mich selber. Wozu sollte man sonst wohl leben? Wozu sollte ich leben, wenn ich mich nicht freute über mich selbst und über das, was ich vollbringe? Und weil ich mich freue und glücklich darüber bin, daß ich jage und fische, darum werde ich listig und stark. Der Mann, der in seiner Hütte am Feuer sitzt, wird nicht listig und stark. Er wird nicht froh, wenn er von meiner Beute ißt, und das Leben ist keine Freude für ihn. Er lebt nicht. Und deshalb sage ich: es ist gut, daß der Fremdling geht. Seine Weisheit macht uns nicht weise. Wenn er listig ist, so brauchen wir es nicht zu sein. Haben wir List nötig, so gehen wir zu ihm und holen sie uns. Wir essen das Fleisch von seiner Beute, und es schmeckt nicht. Wir haben den Nutzen von seiner Stärke, und wir werden nicht glücklich dadurch. Wir leben nicht, wenn er für uns lebt. Wir werden dick und weibisch, wir fürchten uns vor der Arbeit, und wir vergessen, was wir für uns selbst tun müssen. Laß den Mann gehen, o Tantlatch, auf daß wir Männer sein können! Ich bin Keen, ein Mann, und ich töte selbst meine Beute!«

Tantlatch sandte ihm einen Blick, in dem die Leere der Ewigkeit zu liegen schien. Keen wartete gespannt auf die Entscheidung; aber die Lippen blieben unbeweglich, und der alte Häuptling wandte sich zu seiner Tochter.

»Was gegeben ist, kann nicht zurückgenommen werden«, brach sie los. »Ich war noch ein Kind, als der Fremdling, der mein Mann ist, zu uns kam. Und ich kannte nicht Männer und Männerart, und mein Herz lebte im Spiel der Mädchen, als du, Tantlatch, du und kein anderer, mich zu dir riefst und mich in die Arme des Fremdlings legtest. Du und kein anderer, Tantlatch! Und wie du mich dem Manne gabst, so gabst du auch den Mann mir. Er ist mein Mann. In meinen Armen hat er geschlafen, und aus meinen Armen kann er nicht gerissen werden.«

»Es wäre gut, o Tantlatch,« fügte Keen schnell mit einem bedeutungsvollen Blick auf Thom hinzu, »es wäre gut, daran zu denken: Was gegeben ist, kann nicht zurückgenommen werden.«

Chugungatte richtete sich auf. »Deine Jugend, Keen, gibt deinem Mund diese Worte ein. Aber wir, o Tantlatch, wir sind alle Männer, und wir verstehen. Auch wir haben in die Augen von Frauen geblickt und gefühlt, wie unser Blut heiß wurde von seltsamen Wünschen. Aber die Jahre haben uns abgekühlt, und wir haben die Weisheit der Ratsversammlung, die Schlauheit des kühlen Kopfes und der ruhigen Hand gelernt, und wir wissen, daß das heiße Herz allzu heiß ist und zur Unbesonnenheit neigt. Wir wissen, daß Keen Gnade vor deinen Augen fand. Wir wissen, daß Thom ihm in alten Tagen versprochen wurde, als sie noch ein Kind war. Und wir wissen, daß die neuen Tage kamen und mit ihnen der Fremdling, und daß um unseres Wissens und unseres Verlangens nach Glück willen Keen Thom verlor und das Versprechen gebrochen ward.«

Der alte Schamane schwieg und sah dem jungen Mann gerade in die Augen.

»Und man mag auch wissen, daß ich, Chugungatte, den Rat gab, das Versprechen zu brechen.«

»Auch nahm ich kein anderes Weib in mein Bett«, fiel Keen ein. »Ich habe selbst mein Feuer entzündet und mein Essen gekocht und in meiner Einsamkeit mit den Zähnen geknirscht.«

Chugungatte winkte mit der Hand, zum Zeichen, daß er noch nicht fertig sei. »Ich bin ein alter Mann, und ich spreche, weil ich verstehe. Es ist gut, stark zu sein und nach Macht zu streben. Es ist besser, auf Macht zu verzichten, auf daß Gutes daraus entstehe. In alten Tagen saß ich neben deiner Schulter, Tantlatch, und meine Stimme wurde überall gehört im Rate, und mein Rat wurde in wichtigen Dingen befolgt. Und ich war stark und hatte Macht. Nächst Tantlatch war ich der Größte. Da kam der Fremdling, und ich sah, daß er listig und weise und groß war. Und weil er weiser und größer war als ich, wurde es klar, daß größerer Vorteil von ihm kommen würde als von mir. Und ich hatte dein Ohr, Tantlatch, und du lauschtest meinen Worten, und der Fremdling erhielt Macht und Stellung und deine Tochter Thom. Und der Stamm gedieh unter den neuen Gesetzen in den neuen Tagen, und so wird er weiter gedeihen, solange wir den Fremdling in unserer Mitte haben. Wir sind alte Männer, wir beiden, o Tantlatch, du und ich. und dies ist eine Sache des Kopfes und nicht des Herzens. Hör' meine Worte! Laß den Mann hierbleiben!«

Ein langes Schweigen herrschte. Der alte Häuptling grübelte mit der gewichtigen Sicherheit eines Gottes, und Chugungatte schien sich in die Nebel eines hohen Alters zu hüllen. Keen sah verlangend auf das Weib, aber sie achtete nicht darauf, sondern hielt ihre Augen starr auf das Gesicht ihres Vaters geheftet. Der Wolfshund schob wieder den Vorhang beiseite, faßte in der Stille Mut und kroch auf dem Bauche näher. Er schnupperte neugierig an Thoms gleichgültiger Hand, spitzte Chugungatte gegenüber herausfordernd die Ohren und kroch vor Tantlatch zusammen. Der Speer fiel rasselnd zu Boden, der Hund sprang mit einem erschrockenen Heulen beiseite, schnappte in die Luft und erreichte mit einem neuen Sprung den Eingang.

Tantlatch sah von einem Gesicht auf das andre und betrachtete jedes lange und sorgfältig. Dann hob er den Kopf mit rauher Königswürde und sprach sein Urteil in kaltem, ruhigem Tone: »Der Mann bleibt. Laßt die Jäger zusammenrufen. Schickt einen Läufer in das nächste Dorf mit dem Befehl, die Krieger zu schicken. Ich will den neuen Fremdling nicht sehen. Sprich du mit ihm, Chugungatte. Sag' ihm, daß er gleich gehen soll, wenn er in Frieden gehen will. Kommt es aber zum Kampfe, so tötet, tötet, tötet bis zum letzten Mann; aber gebt mein Wort kund, daß nichts Böses unserm Manne widerfahren darf – dem Manne, den meine Tochter geheiratet hat. – Es ist gut.«

Chugungatte erhob sich und stolperte hinaus; Thom folgte ihm. Als Keen sich aber im Eingange bückte, hielt Tantlatchs Stimme ihn zurück:

»Keen, es ist gut, auf mein Wort zu hören. Der Mann bleibt. Sorge dafür, daß ihm nichts Böses widerfährt.«

Infolge des strategischen Unterrichts von Fairfax kam der Stamm nicht wild und lärmend angestürzt. Vielmehr herrschte große Zurückhaltung und Selbstbeherrschung, die Krieger begnügten sich damit, schweigend, von Deckung zu Deckung kriechend, vorzurücken. Unten am Flusse und teilweise durch eine kleine Lichtung geschützt, lagen zusammengekauert die Crees und die Reisenden. Ihre Augen konnten nichts sehen und ihre Ohren nur undeutlich hören, aber sie fühlten das Leben, das durch den Wald pulste, die undeutlichen, unbestimmbaren Bewegungen eines vorrückenden Heeres.

»Verflixt«, brummte Fairfax. »Sie halten noch nie Pulver gerochen, aber ich hab' es sie gelehrt.«

Avery Van Brunt lachte, klopfte seine Pfeife aus und steckte sie samt dem Tabaksbeutel sorgfältig ein. Dann lockerte er das Jagdmesser in der Scheide an seiner Hüfte.

»Wartet nur,« sagte er, »wir wollen euch die Suppe schon versalzen.«

»Wenn sie an meine Lehren denken, greifen sie uns in einzelnen Abteilungen an.«

»Mögen sie. Unsere Magazingewehre sind bereit. Sie wollen es – gut! So möge das erste Blut fließen! Eine Extraration Tabak, Lom!«

Lom, einer der Crees, hatte eine ungedeckte Schulter entdeckt und ihren Besitzer mit einer brennenden Kugel über seine Entdeckung belehrt.

»Wenn wir sie nur zum Losbrechen reizen könnten«, murmelte Fairfax, »– wenn wir sie nur zum Losbrechen reizen könnten.«

Van Brunt sah hinter einem entfernten Baum einen Kopf hervorlugen und brachte den Mann durch einen schnellen Schuß zu Fall; er zappelte im Todeskampf auf dem Boden. Michael erledigte einen dritten, und Fairfax beteiligte sich mit den übrigen ebenfalls am Spiel und feuerte, sobald jemand sich eine Blöße gab oder ein Busch sich bewegte. Beim Lauf über eine kleine Niederung, wo es keine Deckung gab, blieben fünf Eingeborene auf ihren Gesichtern liegen, und links, wo die Deckung nur spärlich war, wurde ein Dutzend getroffen. Aber trotzdem behielten sie ihre trotzige Hartnäckigkeit und näherten sich vorsichtig und ruhig, ohne Hast, aber auch ohne Zögern.

Zehn Minuten später, als sie ganz nahe waren, hörten alle Bewegungen auf, der Vormarsch wurde plötzlich eingestellt, und die Stille, die jetzt folgte, war unheilverkündend und drohend. Es waren nur die grünen und goldenen Farben des Waldes und der Büsche zu sehen, die in dem ersten schwachen Hauch des Morgenwindes erschauerten. Die blasse, weiße Morgensonne sprenkelte den Boden mit langen Schatten und Lichtstreifen. Ein Verwundeter hob den Kopf und kroch beschwerlich über die Niederung; Michael folgte ihm mit der Büchse, schoß aber nicht. Ein Pfeifen durchfuhr die unsichtbare Linie von links nach rechts, und ein Schauer von Pfeilen schwirrte durch die Luft.

»Fertig«, kommandierte Van Brunt mit einem metallischen Klang in seiner Stimme. »Jetzt!«

Gleichzeitig brachen sie aus der Deckung hervor. Der Wald wurde plötzlich lebendig. Ein mächtiges Geheul ertönte, und die Gewehre kläfften in scharfem Trotz. Die Männer des Stammes begegneten dem Tod mitten im Sprunge, und während sie fielen, fluteten ihre Brüder in einer brüllenden, unwiderstehlichen Woge über sie hinweg. Allen voran, mit flatterndem Haar und die Arme schwingend, über gefallene Bäume springend, kam Thom. Fairfax zielte auf sie und hätte fast abgedrückt, als er sie noch rechtzeitig erkannte.

»Die Frau! Schießt nicht!« rief er. »Seht, sie ist unbewaffnet!«

Die Crees hörten nicht, ebensowenig Michael und sein Kamerad, der andere Reisende, auch nicht Van Brunt, der unaufhörlich schoß. Aber Thom lief unverletzt weiter, auf den Fersen eines fellbekleideten Jägers, der von seitwärts vor sie gestürzt war. Fairfax leerte sein Magazin auf die Männer rechts und links von ihr und drehte seinen Gewehrlauf, um den großen Jäger zu treffen. Aber der Mann schien ihn zu erkennen, schwenkte plötzlich ab und rannte Michael seinen Speer in den Leib. Im nächsten Augenblick hatte Thom ihren Arm um den Hals ihres Gatten geschlungen und, sich herumwirbelnd, mit Stimme und Bewegung den Schwarm der Angreifer gespalten. Ein Schock Männer stürzte an beiden Seiten vorüber, und Fairfax stand einen Augenblick da und betrachtete sie und ihre bronzefarbene Schönheit. Ergriffen und frohlockend starrte er in unerhörte Tiefen, hatte Gesichte von den seltsamsten Dingen, träumte unsterbliche Träume. Vage Erinnerungen an die Lehrsätze alter Philosophie und neuer Ethik gingen ihm durch den Sinn und wunderbare, greifbare, aber schmerzhaft unzusammenhängende Bilder – Jagdszenen, finstere Waldstrecken, schweigende Schneefelder, Ballsäle mit strahlenden Lichtern, große Galerien und Vorlesungssäle, das undeutliche Blinken schimmernder Reagenzgläser, Regale mit langen Bücherreihen, Maschinengeratter und

Straßenlärm, Fragmente eines vergessenen Liedes, Gesichter geliebter Frauen und alter Kameraden, ein einsamer Bach zwischen ragenden Bergspitzen, fette Täler, Duft von Heu .. Ein Jäger stürzte, von einer Kugel zwischen den Augen getroffen, plötzlich leblos vornüber, schoß durch die Wucht seines Falles noch ein Stück über den Boden. Fairfax kam wieder zu sich. Seine Kameraden waren, soweit sie noch lebten, weit zurück zwischen die Bäume getrieben. Er konnte das leidenschaftliche Heia! Heia! der Jäger hören, während sie drauflosgingen und mit ihren Waffen aus Knochen und Elfenbein hieben und stachen. Die Schreie der Gefallenen trafen ihn wie Schläge. Er wußte, daß der Kampf zu Ende und die Schlacht verloren war, aber alle Überlieferungen und die Treue seiner Rasse zwangen ihn, sich ins Getümmel zu stürzen, um wenigstens mit seinen Brüdern zu sterben.

»Mein Mann! Mein Mann!« schrie Thom. »Du bist gerettet!«

Er versuchte, vorwärts zu kommen, aber das Gewicht ihres Körpers hemmte seinen Schritt.

»Es ist unnütz! Sie sind tot, und das Leben ist sehr schön!«

Sie hielt seinen Hals fest umschlungen, umwand ihn mit ihren Beinen, so daß er strauchelte, kämpfen mußte, um wieder auf die Füße zu kommen, wieder strauchelte und hintenüber fiel. Im Fallen hatte Thom das Sausen eines gefiederten Pfeiles gehört, der vorbeiflog: sie deckte seinen Leib mit dem ihren wie mit einem Schilde, während sie ihn immer noch fest mit den Armen umschlungen hielt und Gesicht und Lippen gegen seinen Hals preßte.

Da erhob Keen sich aus einem wirren Laubdickicht einige Fuß entfernt. Er blickte sich vorsichtig um. Der Kampf hatte sich verzogen, und der Schrei des letzten Mannes erstarb. Niemand war zu sehen. Er legte einen Pfeil auf die Bogensehne und warf einen Blick auf den Mann und die Frau. Zwischen ihrer Brust und ihrem Arm zeigte sich das weiße Fleisch der Flanke des Mannes. Keen spannte den Bogen und zog den Pfeil bis zur Spitze zurück. Zweimal tat er es, ruhig und um seines Schusses sicher zu sein. Dann ließ er das mit knöchernen Widerhaken versehene Geschoß gerade in das

weiße Fleisch fliegen, das nie weißer leuchtete als in der dun-
kelarmigen, dunkelbrüstigen Umarmung.

Das Gesetz des Lebens

Der alte Koskoosh lauschte begierig. Obwohl er längst das Augenlicht verloren hatte, waren seine Ohren doch noch scharf, und das schwächste Geräusch drang zu der Intelligenz, die noch hinter seiner welken Stirn glimmte, aber nicht mehr auf die Dinge dieser Welt blickte. Aha! Das war Sit-cum-to-ha, die mit schriller Stimme die Hunde ausschalt, während sie sie puffte und schlug, damit sie sich einspannen ließen. Sit-cum-to-ha war die Tochter seiner Tochter, aber sie war zu sehr in Anspruch genommen, um einen Gedanken an ihren altersschwachen Großvater zu verschwenden, der allein, einsam und hilflos, dort im Schnee saß. Das Lager mußte abgebrochen werden. Der weite Weg wartete, und der kurze Tag zögerte nicht. Das Leben rief sie, das Leben und die Pflichten des Lebens, nicht der Tod. Und er war dem Tode jetzt sehr nahe.

Der Gedanke flößte dem alten Manne einen Augenblick Schrecken ein, und er streckte die gichtige Hand aus, die zitternd über dem kleinen Haufen trockenen Holzes neben ihm hin und her fuhr. Als er sich vergewissert hatte, daß er wirklich da war, kehrte seine Hand in den Schutz seines räudigen Pelzes zurück, und er lauschte wieder. Das widrige Knarren halbgefrorener Felle sagte ihm, daß die Elchhäute, vom Zelt des Häuptlings heruntergeholt, in tragbare Form geknetet und gepreßt wurden. Der Häuptling war sein Sohn, stark und kraftvoll, der beste Mann des Stammes und ein mächtiger Jäger. Während die Weiber sich mit dem Lagergepäck abplagten, erscholl seine Stimme, die sie ihrer Langsamkeit wegen ausschalt. Der alte Koskoosh spitzte die Ohren. Es war das letztemal, daß er die Stimme hören sollte. Jetzt fiel Geehows Zelt! Und nun Tuskens! Sieben, acht, neun; jetzt konnte nur noch das des Schamanen stehen. So! Jetzt arbeiteten sie daran. Er konnte den Schamanen brummen hören, während er es auf dem Schlitten aufstapelte. Ein Kind wimmerte, und eine Frau beruhigte es mit sanften, klagenden Kehllauten. Die kleine Kootee, dachte der alte Mann, ein unruhiges Kind und nicht sehr kräftig. Es starb vielleicht bald, und dann brannten sie ein Loch in die gefrorene Tundra und häuften Steine darüber, um den Vielfraß fortzuhalten. Nun ja, was machte das? Wenige Jahre bestenfalls, und ebensooft ein leerer Magen wie ein voller. Und zuletzt wartete der Tod, der immer Hungrige, der Hungrigste von allen.

Was war das? O, die Männer schirrten die Schlitten an und zogen die Leinen fest. Er lauschte, er, der nie mehr lauschen sollte. Die Peitschenhiebe sausten und schnitten in die Hunde. Horch, wie sie heulten! Wie sie die Arbeit und die Reise haßten! Jetzt zogen sie an! Schlitten auf Schlitten schwankte langsam in das Schweigen hinaus. Sie waren fort. Waren aus seinem Leben geglitten, und er sah allein der letzten bitteren Stunde ins Angesicht. Nein. Der Schnee knirschte unter einem Mokassin. Ein Mann stand neben ihm, und eine Hand legte sich weich auf sein Haupt. Sein Sohn war gut, daß er dies tat. Er erinnerte sich anderer alter Männer, deren Söhne nicht geblieben waren, als der Stamm fortzog. Aber sein Sohn war geblieben. Seine Gedanken verloren sich in der Vergangenheit, bis die Stimme des jungen Mannes ihn zurückrief.

»Geht es dir gut?« fragte er.

Und der alte Mann antwortete: »Es geht mir gut.«

»Es liegt Holz neben dir«, fuhr der jüngere fort, »und das Feuer brennt hell. Der Morgen ist trübe, und die Kälte hat nachgelassen. Es wird gleich schneien. Gerade jetzt fängt es an.«

»Ja, es schneit schon.«

»Der Stamm hat Eile. Die Lasten sind schwer und ihre Leiber flach aus Mangel an Nahrung. Der Weg ist weit, und sie reisen schnell. Ich gehe jetzt. Ist es gut?«

»Ja, es ist gut. Ich bin wie das letzte Blatt des Jahres, das noch lose am Stamme hängt. Der erste Windhauch, und ich falle. Meine Stimme ist wie die eines alten Weibes geworden. Meine Augen zeigen den Füßen nicht mehr den Weg, und meine Füße sind schwer, und ich bin müde. Es ist gut.«

Er neigte ergeben das Haupt, bis der letzte Laut des knirschenden Schnees erstorben war und er wußte, daß er seinen Sohn nicht mehr zurückrufen konnte. Dann tastete seine

Hand schnell nach dem Holze. Das war das einzige, das noch zwischen ihm und der Ewigkeit stand, die über ihn hereinbrach. Zu guter Letzt war sein Leben nach einer Handvoll Scheite zu messen. Eines nach dem andern würde schwinden, um das Feuer zu nähren, und Schritt für Schritt würde sich der Tod an ihn heranschleichen. Wenn das letzte Scheit seine Wärme abgegeben hatte, würde die Kälte ihre Kräfte sammeln. Zuerst würden die Füße nachgeben, dann die Hände, und langsam würde die Starre der Glieder den Leib ergreifen. Sein Haupt würde auf die Knie fallen, und er würde Ruhe haben. Das war ganz leicht. Alle Menschen mußten sterben.

Er beklagte sich nicht. Das war das Gesetz des Lebens, und es war recht so. Dicht an der Erde war er geboren, dicht an der Erde hatte er gelebt, und ihr Gesetz war ihm daher nicht neu. Es war das Gesetz allen Fleisches. Die Natur war nicht gütig gegen das Fleisch. Es galt ihr nichts das greifbare Ding, das man Individuum nannte, ihre Sorge galt nur der Art, der Rasse.

Dies war die tiefste Abstraktion, der der barbarische Geist des alten Koskoosh fähig war, aber sie hatte er auch mit festem Griff gepackt.

In allem Lebendigen sah er Beispiele dafür. Das Steigen des Pflanzensaftes, die aufbrechende Grüne der Weidenknospe, der Fall des gelben Laubes – schon darin lag alles. Aber eine Aufgabe stellte die Natur dem Individuum. Löste es sie nicht, so starb es. Löste es sie – gleichviel – es starb dennoch. Der Natur war es gleichgültig: Es waren unzählige, die gehorchten, und nur der Gehorsam, nicht der Gehorchende, lebte und lebte ewig.

Koskoosh' Stamm war sehr alt. Die alten Männer, die er als Knabe gekannt, hatten alte Männer vor ihnen gekannt. So war es also wahr, daß der Stamm lebte, daß er für den Gehorsam all seiner Glieder, deren Gräber unbekannt waren, bis in die vergossene Vorzeit einstand. Sie zählten nicht; sie waren Episoden. Sie waren entschwunden, wie die Wolken an einem Sommerhimmel. Auch er war eine Episode und würde verschwinden. Die Natur kümmerte sich nicht darum. Sie stellte dem Leben nur eine Aufgabe, gab nur ein Gesetz. Sich fortzupflanzen war die Aufgabe des Lebens, sein Gesetz der Tod. Eine Jungfrau war schön anzusehen, stark und mit vollen Brüsten, den Frühling in ihrem Gange und Licht in ihren Augen. Aber ihre Aufgabe lag noch vor ihr. Das Licht in ihren Augen wurde noch heller, ihr Schritt schneller, sie war den jungen Männern gegenüber bald keck, bald furchtsam und teilte ihnen ihre eigene Unruhe mit. Und immer schöner und schöner wurde sie, bis irgendein Jäger sie in sein Zelt nahm, wo sie ihm sein Essen bereitete, für ihn arbeitete und die Mutter seiner Kinder wurde. Und wenn ihre Nachkommenschaft kam, verfiel ihre Schönheit. Ihre Glieder wurden langsam und träge, ihre Augen stumpf und trübe, und nur die kleinen Kinder freuten sich noch an der runzligen Wange der alten Squaw am Lagerfeuer. Ihre Aufgabe war gelöst. Nur eine kurze Weile, und bei der ersten Hungersnot, beim ersten langen Marsch wurde sie zurückgelassen, wie es ihm geschehen war, mit einem Häufchen Reisig im Schnee. So war das Gesetz.

Er legte behutsam ein Scheit in das Feuer und gab sich wieder seinen Betrachtungen hin.

Überall und mit allen Wesen war es dasselbe. Die Moskitos verschwanden beim ersten Frost. Das kleine Eichhörnchen verkroch sich, um zu sterben. Wenn das Kaninchen alterte, wurde es langsam und dick und konnte seinen Feinden nicht mehr entkommen. Selbst der große Hirsch wurde schwerfällig und blind und zänkisch und konnte zuletzt von einer Handvoll kläffender junger Hunde gefällt werden.

Er dachte daran, wie er seinen eigenen Vater eines Winters am Oberlaufe des Klondike verlassen hatte, den Winter, bevor der Missionar mit seinen Büchern voll von Geschwätz und seiner Kiste voll von Medizin gekommen war. Oft hatte Koskoosh in der Erinnerung an die Kiste mit der Zunge geschnalzt, aber jetzt wollte ihm das Wasser nicht mehr im Munde zusammenlaufen. Der »Schmerzstiller« war besonders gut gewesen. Aber der Missionar war schließlich doch eine Plage, denn er brachte kein Fleisch ins Lager, aß aber für drei, und die Jäger murrten. Aber an der Wasserscheide von Mayo bekam er Lungenentzündung, und nachher stießen die Hunde die Steine fort und balgten sich um seine Knochen.

Koskoosh legte noch ein Scheit aufs Feuer und ließ seine Gedanken weiter zurück in die Vergangenheit schweifen. Da war die Zeit der großen Hungersnot, als die Männer sich mit leerem Magen ums Feuer kauerten und düstere Sagen von den alten Zeiten erzählten, als der Yukon drei Winter lang breit und offen dahinströmte, dafür aber in drei Sommern zu Eis erstarrte. Er hatte seine Mutter bei der Hungersnot verloren. Im Sommer hatte die Laichzeit der Lachse einen Fehlschlag ergeben, und der Stamm hatte sich mit der Hoffnung auf den Winter und das Erscheinen der Renntiere getröstet. Und dann kam der Winter, aber kein Renntier. Nie war so etwas geschehen, selbst die ältesten Männer hatten es nicht erlebt. Aber das Renntier kam nicht, und es war das siebente Jahr, und die Kaninchen hatten sich nicht vermehrt, und die Hunde bestanden nur noch aus Haut und Knochen. Und in der langen Finsternis weinten und starben Kinder und Frauen und alte Männer, und nicht einer von zehn im Stamme lebte noch, um die Sonne willkommen zu heißen, als sie im Frühling wiederkehrte. Das war eine Hungersnot!

Aber er hatte auch Zeiten der Fülle erlebt, da das Fleisch verfaulte und die Hunde vor Übersättigung faul und untauglich waren – Zeiten, da sie das Wild laufen ließen, ohne es zu erlegen, da die Frauen fruchtbar und die Zelte überfüllt waren von krabbelnden Knaben und Mädchen.

Da geschah es, daß die Männer übermütig wurden, alte Streitigkeiten wieder aufnahmen, über die Wasserscheide nach Süden gingen, um die Pellys zu töten, und nach Westen, um an den ausgebrannten Feuern der Tananas zu sitzen.

Er erinnerte sich, als Knabe in einer guten Zeit gesehen zu haben, wie ein Elch von Wölfen getötet wurde. Zing-ha lag neben ihm im Schnee und sah zu – Zing-ha, der später der listigste Jäger wurde, und der schließlich durch eine Wake in den Yukon fiel. Sie fanden ihn einen Monat später. Er war halb herausgekrochen und zu Eis gefroren.

Aber der Elch. Er war an dem Tage mit Zing-ha fortgegangen, um Jäger zu spielen. Am Bache hatten sie die frische

Fährte eines Elchs und gleichzeitig eine Menge Wolfsfährten gefunden.

»Ein alter Bursche«, sagte Zingha, der die Zeichen schneller lesen konnte, »– ein alter Bursche, der dem Rudel nicht mehr folgen kann. Die Wölfe haben ihn von seinen Brüdern getrennt, und jetzt lassen sie nicht mehr von ihm ab.«

Und so war es. Das war nun einmal ihre Art. Tag und Nacht, ohne Rast und Ruhe, knurrten sie dicht hinter ihm, schnappten nach seiner Schnauze, wollten ihn verfolgen bis zum Ende. Wie in Zing-ha und ihm der Blutdurst erwachte! Das Ende mußte sehenswert sein!

Schnellfüßig folgten sie der Fährte, und selbst er, Koskoosh, dessen Auge nicht so scharf und der ein ungeübter Spürer war, hätte ihr blind folgen können, so breit war sie. Sie waren dicht hinter der Beute her und konnten mit jedem Schritt die furchtbare, soeben geschriebene Tragödie lesen.

Jetzt kamen sie an eine Stelle, wo der Elch haltgemacht hatte. Auf die dreifache Länge eines erwachsenen Mannes war der Schnee nach allen Richtungen zerstampft und fortgeschleudert. In der Mitte waren die tiefen Eindrücke von den breiten Hufen des Wildes, und ringsherum die leichteren Fußspuren der Wölfe. Einige hatten sich, während ihre Brüder die Beute umsprangen, seitwärts niedergelegt und ausgeruht. Die Eindrücke ihrer ausgestreckten Körper waren so deutlich im Schnee, als wären sie soeben erst entstanden. Ein Wolf war bei dem wilden Ansprung von dem wütenden Opfer abgefangen und zu Tode gestampft worden. Einige wenige reingenagte Knochen zeugten davon.

Wieder hielten sie ihre Schneeschuhe an. Hier hatte das große Tier verzweifelt gekämpft. Zweimal war es, wie der Schnee zeigte, zu Boden gerissen worden, und zweimal hatte es seine Angreifer abgeschüttelt und war wieder auf die Beine gekommen. Seine Aufgabe hatte es längst gelöst, aber dennoch war ihm das Leben noch lieb gewesen. Zing-ha sagte, es wäre etwas Seltenes, daß ein Elch, der einmal niedergerissen war, wieder freikäme; aber hier war es unleugbar geschehen. Der Schamane würde Zeichen und Wunder darin gesehen haben, wenn sie es ihm erzählt hätten.

Und dann hatten sie die Stelle erreicht, wo der Elch versucht hatte, den Hang hinaufzusteigen und den Wald zu gewinnen. Aber seine Feinde hatten ihn von hinten angegriffen, so daß er sich gebäumt, sich überschlagen und zwei von ihnen zermalmt und tief in den Schnee gepreßt hatte. Es war klar, daß das Ende bevorstand, denn die Wölfe hatten ihre gefallenen Brüder nicht angerührt.

Sie eilten weiter, an zwei Stellen vorbei, wo das Tier wieder haltgemacht hatte, wenn auch nur ganz kurze Zeit. Jetzt war die Fährte rot, und die weiten Schritte des großen Tieres waren kürzer und wankend geworden. Und dann hörten sie das erste Geräusch des Kampfes – nicht den vollen Jagdchor, sondern das kurze, knurrende Kläffen, das von Nahkampf und von im Fleisch vergrabenen Zähnen erzählte.

Auf dem Bauche kroch Zing-ha gegen den Wind durch den Schnee, und zusammen mit ihm kroch er, Koskoosh, der im nächsten Jahre Häuptling des Stammes werden sollte. Sie schoben sich zusammen unter die Zweige einer jungen Fichte und spähten vorwärts. Es war das Ende, das sie sahen.

Dies Bild stand, wie alle Jugendeindrücke, noch klar vor ihm, und seine stumpfen Augen sahen das Ende ebenso lebendig, wie es sich in jener fernen Zeit abgespielt hatte. Koskoosh wunderte sich darüber, denn in den folgenden Tagen, als er der Führer von Männern und das Haupt der Berater gewesen, hatte er große Taten ausgeführt und seinen Namen zum Fluch im Munde der Pellys gemacht, gar nicht zu reden von den fremden weißen Männern, die er, Messer gegen Messer, in offenem Kampfe getötet hatte. Lange grübelte er über die Tage seiner Jugend, bis das Feuer zusammensank und der Frost zu schneiden begann.

Diesmal legte er zwei Scheite auf und maß sein Leben an dem Holz, was noch übrig war. Hätte Sit-cum-to-ha an ihren Großvater gedacht und einen größeren Armvoll gesammelt, hätten seine Stunden länger gedauert. Das wäre leicht gewesen. Aber sie war stets ein gleichgültiges Kind gewesen und hatte nichts für die Alten übrig gehabt seit der Stunde, da der Biber, der Sohn von Zing-has Sohn, sein Auge auf sie geworfen hatte.

Nun, was tat es? Hatte er nicht in seiner eigenen unbedachtsamen Jugend ebenso gehandelt?

Eine Weile lauschte er auf die Stille. Vielleicht wurde das Herz seines Sohnes weich, und er kehrte mit den Hunden zurück, um seinen alten Vater mit dem Stamme weiterzubringen bis zu einer Stelle, wo die Renntiere zahlreich waren und ihnen die Bäuche schwer von Fett hingen.

Er strengte sein Ohr an, sein ruheloses Gehirn wurde einen Augenblick still. Nichts regte sich, nichts. Er allein atmete mitten in der großen Stille. Es war sehr einsam.

Horch! Was war das?

Ein kalter Schauer rann über seinen Körper.

Das wohlbekannte, langgezogene Geheul durchbrach die Stille, ganz nahe. Und dann sahen seine trüben Augen das Bild des Elches – des alten Elchbullen –, der mit zerrissenen Flanken und blutigen Seiten, wirrer Mähne und das große verzweigte Geweih auf den Boden gesenkt bis zum Letzten kämpfte. Er sah die blitzschnellen grauen Gestalten, die schimmernden Augen, die lechzenden Zungen, die triefenden Fangzähne. Und er sah, wie der unerbittliche Kreis sich schloß, bis er zu einem dunklen Punkte mitten in dem zerstampften Schnee wurde.

Eine kalte Schnauze stieß gegen seine Wange, und bei dieser Berührung sprang seine Seele wieder in die Gegenwart. Seine Hand fuhr ins Feuer und zog ein brennendes Scheit heraus. Einen Augenblick, von seiner ererbten Furcht vor dem Menschen überwältigt, zog das Tier sich zurück und schickte seinen Brüdern einen langgezogenen Ruf, und die antworteten gierig, bis sich ein Kreis zusammengekrochener, geifernder grauer Tiere um ihn schloß. Der alte Mann spürte, wie dieser Kreis enger wurde. Er schwang wild seinen Brand, und das Schnaufen wurde zum Knurren; aber die keuchenden Bestien wollten nicht weichen. Jetzt schlängelte sich eine, den Hinterleib nachziehend, vorwärts, jetzt eine zweite, jetzt eine dritte; aber keine einzige wich zurück.

Warum sich ans Leben klammern? fragte er sich und ließ das flammende Scheit in den Schnee fallen. Es zischte und erlosch. Der Kreis knurrte unruhig, blieb aber liegen.

Wieder sah er den letzten Kampf des alten Elchbullen, und Koskoosh ließ das Haupt müde auf die Knie sinken. Was tat es schließlich? War es nicht das Gesetz des Lebens?

Nam-Bok, der Lügner

Eine Bidarka, nicht wahr? Schau, eine Bidarka, und ein Mann, der sie ungeschickt mit einem Paddel rudert!« Die alte Bask-Wah-Wan erhob sich, vor Kraftlosigkeit und Eifer zitternd, auf die Knie und starrte übers Meer hinaus. »Nam-Bok war immer ungeschickt mit dem Ruder«, murmelte sie, sich erinnernd, beschattete die Augen gegen die Sonne und spähte über das silberfunkelnde Wasser. »Nam-Bok war immer ungeschickt. Ich weiß noch ...«

Aber Frauen und Kinder lachten laut, und in ihrem Lachen lag ein sanfter Spott. Bask-Wah-Wans Stimme wurde leiser, bis ihre Lippen sich nur noch lautlos bewegten.

Koogah hob das ergraute Haupt von seiner Beinschnitzerei und folgte ihrem Blick. Eine Bidarka näherte sich dem Strande, wurde nur hin und wieder von heftigen Böen abgetrieben. Ihr Besitzer ruderte mit mehr Kraft als Geschicklichkeit und kam in mühseligstem Zickzack näher. Koogah ließ sein Haupt wieder auf die Arbeit sinken und kratzte in den Elfenbeinhauer zwischen seinen Knien die Rückenflosse eines Fisches, dessengleichen nie im Meere geschwommen war.

»Es ist zweifellos der Mann aus dem Nachbardorfe«, sagte er abschließend. »Er kommt, um mich über das Schnitzen in Bein zu Rate zu ziehen. Und der Mann ist ein ungeschickter Bursche. Er wird es nie lernen.«

»Es ist Nam-Bok«, wiederholte die alte Bask-Wah-Wan. »Sollte ich meinen eigenen Sohn nicht kennen?« fragte sie schrill. »Ich sage, und ich sage es wieder: es ist Nam-Bok.«

»Und das hast du viele Sommer gesagt«, spottete eine der Frauen sanft. »Immer, wenn das Eis auf dem Meere schmolz, saßest du hier und hieltest den lieben langen Tag Wache, und bei jedem Kanu sagtest du: ›Das ist Nam-Bok.‹ Nam-Bok ist tot, Bask-Wah-Wan, und die Toten kehren nicht wieder. Es ist unmöglich, daß die Toten wiederkehren.«

»Nam-Bok!« rief die alte Frau so laut und deutlich, daß das ganze Dorf sie verblüfft anblickte.

Sie kam mit Anstrengung auf die Beine und wankte über den Sand hinab. Sie stolperte über ein Kind, das in der Sonne lag, und die Mutter beschwichtigte sein Weinen und rief der alten Frau harte Worte nach, ohne daß diese sich jedoch darum kümmerte. Die Kinder liefen ihr zum Strande voraus, und während der Mann in der Bidarka immer näherkam und das Boot in seiner Ungeschicklichkeit fast zum Kentern gebracht hätte, kamen die Frauen ihr nach. Koogah ließ seinen Walroßzahn fallen und folgte, schwer auf seinen Stock gestützt, und die andern Männer schlenderten zu je zweien oder dreien hinter ihm her.

Die Bidarka wandte dem Lande die Breitseite zu, und der Wellenschlag drohte sie zu füllen, aber ein nackter Knabe lief ins Wasser und zog den Bug hoch auf den Strand. Der Mann erhob sich und warf einen fragenden Blick über die Reihe der Dorfbewohner. Eine bunte Wolljacke hing, schmutzig und abgenutzt, über seiner breiten Schulter, und er hatte ein rotes Taschentuch nach Matrosenart um den Hals gebunden. Eine Fischermütze auf seinem kurzgeschorenen Kopfe, Wollhosen und schwere Schuhe vervollständigten seine Kleidung.

Aber nichtsdestoweniger war er eine merkwürdige Erscheinung für diese einfachen Fischer im großen Yukon-Delta, die ihr ganzes Leben lang übers Beringsmeer gestarrt und in der ganzen Zeit nur zwei weiße Männer gesehen hatten – den Volkszählungsbeamten und einen Jesuitenpater, der sich verirrt hatte. Sie waren arm, ihr Erdboden enthielt kein Gold, ihre Jagd brachte kein wertvolles Pelzwerk, so daß die Weißen sie stets links hatten liegenlassen. Dazu hatte der Yukon in den Jahrtausenden das Meer in der Nähe mit Alaskakies gefüllt und seicht gemacht, so daß die Schiffe auf Grund stießen, ehe sie das Land in Sicht bekamen. Daher wurde die feuchte Küste mit ihren weiten Lagunen und den großen Barrieren schlammiger Inseln von den Schiffen der Weißen gemieden, und die Fischer wußten nicht einmal, daß solche Wesen existierten. Koogah, der Beinschnitzer, zog sich in plötzlicher Eile zurück, stolperte über seinen Stock und fiel hin. »Nam-Bok!« rief er, während er erschreckt wieder auf die Füße zu kommen suchte. »Nam-Bok, der aufs Meer hinausgeweht wurde, ist zurückgekehrt!«

Männer und Frauen schauderten zurück, und die Kinder liefen ihnen zwischen den Beinen fort. Nur Opee-Kwan war kühn, wie es sich für den Dorfhäuptling ziemte. Er trat vor und starrte den Ankömmling lange und ernst an.

»Es ist Nam-Bok«, sagte er schließlich, und bei dem überzeugten Klang seiner Stimme heulten die Weiber furchtsam und zogen sich weiter zurück.

Die Lippen des Fremden bewegten sich unentschlossen, und sein brauner Hals wand sich und kämpfte mit unausgesprochenen Worten.

»La, la, es ist Nam-Bok«, sang Bask-Wah-Wan, während sie ihm ins Gesicht blickte. »Ich habe immer gesagt, daß Nam-Bok zurückkehren würde.«

»Ja, es ist Nam-Bok, der zurückgekehrt ist.« Diesmal war es Nam-Bok selbst, der sprach, indem er ein Bein über den Rand der Bidarka streckte und mit dem einen Fuß im Boote, mit dem andern an Land stehenblieb. Wieder wand sich sein Hals und kämpfte, während er nach vergessenen Worten suchte. Und als die Worte kamen, war ihr Klang seltsam, und ein Sprudeln der Lippen begleitete die Kehllaute. »Seid gegrüßt, o Brüder,« sagte er, »Brüder aus alter Zeit, ehe der Festlandwind mich entführte.«

Er trat mit beiden Füßen auf den Strand, aber Opee-Kwan winkte ihn zurück.

»Du bist tot, Nam-Bok«, sagte er.

Nam-Bok lachte. »Ich bin dick.«

»Tote sind nicht dick«, räumte Opee-Kwan ein. »Es geht dir gut, aber es ist seltsam. Niemand kann sich mit dem Festlandwind paaren und nach Jahren zurückkehren.«

»Ich bin zurückgekehrt«, antwortete Nam-Bok einfach.

»Vielleicht bist du aber doch ein Schatten, ein Schatten, der kommt und geht, ein Schatten des Nam-Bok, der lebte. Schatten können wiederkehren.«

»Ich bin hungrig. Schatten essen nicht.«

Aber Opee-Kwan war unschlüssig und strich sich in trauriger Verwirrung mit der Hand über die Stirn. Nam-Bok war gleichfalls verwirrt. Er blickte auf und die Reihe entlang, fand aber kein Willkommen in den Augen der Fischer. Männer und

Frauen flüsterten zusammen. Die Kinder zogen sich ängstlich zwischen die Erwachsenen zurück, und den Hunden sträubten sich die Haare, sie krochen zu ihm und beschnupperten ihn mißtrauisch.

»Ich gebar dich, Nam-Bok, und ich säugte dich, als du klein warst,« wimmerte Bask-Wah-Wan und kam näher, »und magst du nun ein Schatten sein oder nicht, so will ich dir doch zu essen geben.«

Nam-Bok machte eine Bewegung, als wollte er auf sie zutreten, aber ein furchtsames und drohendes Murren hielt ihn zurück. Er sagte etwas in einer fremden Sprache, das wie »den Teufel auch« klang und fügte hinzu: »Kein Schatten bin ich, sondern ein Mensch.«

»Wer kann diese geheimnisvollen Dinge begreifen?« fragte Opee-Kwan halb bei sich, halb zu seinem Stamme gewandt. »Wir sind, und einen Atemzug später sind wir nicht mehr. Wenn ein Mensch zum Schatten werden kann, kann dann ein Schatten nicht auch zum Menschen werden? Nam-Bok war, aber er ist nicht. Das wissen wir, aber wir wissen nicht, ob dies Nam-Bok ist oder Nam-Boks Schatten.«

Nam-Bok räusperte sich und antwortete: »In alten, längst vergangenen Tagen zog deines Vaters Vater, Opee-Kwan, fort und kam erst nach Jahren wieder. Und ihm wurde nicht der Platz am Feuer verweigert. Man sagt ...« Er machte eine bedeutungsvolle Pause, und sie lauschten. »Man sagt,« wiederholte er und betonte absichtlich das Folgende, »daß Sipsip, seine Klooch, ihm nach seiner Heimkehr zwei Söhne gebar.«

»Aber er hatte nichts mit dem Festlandwinde zu schaffen«, antwortete Opee-Kwan. »Er zog ins Herz des Landes, und es ist nur natürlich, daß der Mensch immer tiefer ins Land hineingehen kann.«

»Und ebenso auf dem Meere. Aber das hat nichts damit zu tun. Man sagt ..., daß deines Vaters Vater seltsame Geschichten von dem erzählte, was er gesehen hatte.«

»Ja, seltsame Geschichten erzählte er.«

»Ich habe auch seltsame Geschichten zu erzählen«, erklärte Nam-Bok einschmeichelnd. Und als sie wankten: »Und Geschenke habe ich auch.«

Aus der Bidarka nahm er einen Schal, wunderbar von Stoff und Farbe, und warf ihn seiner Mutter um die Schulter. Die Frauen stöhnten im Chor vor Bewunderung, und die alte Bask-Wah-Wan rollte den bunten Stoff zwischen den Fingern, streichelte ihn und sang leise in kindischer Freude.

»Er hat Geschichten zu erzählen«, murmelte Koogah.

»Und Geschenke«, half eine Frau ihm.

Und Opee-Kwan wußte, daß sein Volk eifrig war, und vor allem spürte er selbst eine kribbelnde Neugier nach diesen noch nicht erzählten Geschichten. »Der Fischfang ist gut gewesen«, sagte er einsichtsvoll. »Und wir haben Tran die Menge. Also komm, Nam-Bok, laß uns schmausen.«

Zwei Männer hoben die Bidarka auf ihre Schultern und trugen sie zum Feuer. Nam-Bok ging neben Opee-Kwan und die Dorfbewohner folgten ihnen mit Ausnahme einiger Weiber, die einen Augenblick zögerten, um den Schal mit zärtlichen Fingern zu betasten.

Während des Schmauses wurde nicht viel gesprochen, obwohl viele neugierige Blicke auf Bask-Wah-Wans Sohn fielen. Das störte ihn zwar nicht aus Bescheidenheit, sondern weil der Gestank des Robbentranes ihm den Appetit geraubt hatte und er aufrichtig wünschte, seine Gefühle in dieser Beziehung zu verbergen.

»Iß, du bist hungrig«, gebot Opee-Kwan ihm, und Nam-Bok schloß beide Augen und griff mit der Hand in den großen Topf mit verfaultem Fisch.

»La, la, zier dich nicht. Es gab viele Robben heuer, und starke Männer sind immer hungrig.« Und Bask-Wah-Wan tunkte ein besonders widerliches Stück Lachs in den Tran und reichte den triefenden Bissen zärtlich ihrem Sohne.

Als warnende Anzeichen ihm bedeuteten, daß sein Magen nicht mehr so widerstandsfähig wie in alten Tagen war, stopfte er verzweifelt seine Pfeife und begann zu paffen. Die Leute fraßen lärmend weiter und sahen zu. Nur wenige von ihnen konnten sich näherer Bekanntschaft mit dem kostbaren Kraut Tabak rühmen, obwohl sie hin und wieder geringe Mengen, freilich von abscheulicher Qualität, von Eskimos aus dem Norden kaufen konnten. Koogah, der neben ihm saß, ließ verstehen, daß er nichts dagegen habe, auch einen Zug zu tun, und zwischen zwei Bissen sog er mit Lippen, die dick mit Tran beschmiert waren, an der Bernsteinspitze drauflos. Und hierauf hielt Nam-Bok sich mit zitternder Hand den Magen und lehnte es ab, die Pfeife zurückzunehmen, als sie ihm wieder angeboten wurde. Koogah könnte sie gern behalten, sagte er, denn er habe von Anfang an die Absicht gehabt, ihn damit zu beehren. Und die Leute leckten sich die Finger und freuten sich über seine Freigebigkeit.

Opee-Kwan erhob sich. »Und jetzt, o Nam-Bok, ist der Schmaus zu Ende, und wir wollen die Geschichten von den seltsamen Dingen hören, die du gesehen hast.«

Die Fischer klatschten Beifall, nahmen ihre Arbeit zur Hand und machten sich bereit, zu lauschen. Die Männer befestigten Speerspitzen an die Schäfte und schnitzten in Elfenbein, während die Frauen den Speck von den Robbenfellen schrabten und sie aufweichten oder mit Sehnenfaden Kamikker nähten. Nam-Bok ließ seine Blicke über die Szene schweifen, aber sie hatte nicht den Reiz, den seine Erinnerung ihn hatte erwarten lassen. In den Jahren seiner Wanderung hatte er stets diese Szene vor Augen gehabt, und jetzt, da sie gekommen, war er enttäuscht. Es schien ihm ein nacktes mageres Leben, nicht zu vergleichen mit dem, an das er sich gewöhnt hatte. Aber dennoch wollte er ihnen die Augen ein wenig öffnen, und bei dem Gedanken funkelten die seinen.

»Brüder«, begann er mit der behaglichen Selbstzufriedenheit eines Mannes, der im Begriffe ist, seine eigenen großen Taten zu erzählen. »Letzten Sommer waren es schon viele Sommer her, seit ich fortzog, gerade in solchem Wetter, wie dies zu werden scheint. Ihr erinnert euch alle des Tages: die Möwen flogen niedrig, der Wind wehte stark vom Lande her, und ich konnte meine Bidarka nicht gegen ihn halten. Ich band den Überzug der Bidarka dicht um mich zusammen, so daß kein Wasser eindringen konnte, und kämpfte die ganze Nacht mit dem Sturm. Und am Morgen war kein Land zu sehen – nur das Meer – und der Festlandwind hielt mich fest in seinen Armen und trug mich fort. Drei solcher Nächte erhellten sich zum Tagesgrauen, und kein Land zeigte sich mir, und der Festlandwind wollte mich nicht loslasssen. Und als der vierte Tag kam, war ich wie von Sinnen. Vom Hunger geschwächt, konnte ich das Ruder nicht ins Wasser stecken, und der Kopf wirbelte mir von dem Durst, der über mir war. Aber das Meer war nicht mehr zornig, und der milde Südwind blies, und als ich mich umsah, hatte ich einen Anblick, der mich glauben ließ, daß ich den Verstand verloren hätte.« Nam-Bok schwieg, um ein Stückchen Lachs zu entfernen, das sich zwischen seinen Zähnen festgesetzt hatte, Männer und Frauen warteten mit müßigen Händen und vorgebeugten Köpfen.

»Ich erblickte ein Kanu, ein großes Kanu. Wenn alle Kanus, die ihr je gesehen habt, zu einem einzigen vereinigt würden, so wäre es nicht so groß.«

Ausrufe von Zweifel wurden laut, und Koogah, der Uralte, schüttelte den Kopf.

»Wenn jede Bidarka ein Sandkorn wäre,« fuhr Nam-Bok trotzig fort, »und wenn es ebenso viele Bidarkas gäbe wie Sandkörner hier am Strande, so würden sie dennoch kein so großes Kanu ausmachen wie das, welches ich am Morgen des vierten Tages sah. Es war ein sehr großes Kanu und wurde Schoner genannt. Ich sah, wie dieses Wunderding, dieser große Schoner, hinter mir herkam, und auf ihm sah ich Männer —«

»Halt, o Nam-Bok!« unterbrach Opee-Kwan ihn. »Was für eine Art von Männern war das? – Große Männer?«

»Nein, gewöhnliche Männer wie du und ich.«

»Kam das große Kanu schnell?«

»Ja.«

»Seine Seiten waren hoch und die Männer klein.« Opee-Kwan bekräftigte diese Voraussetzungen in überzeugtem Ton. »Und ruderten diese Männer mit langen Paddeln?«

Nam-Bok lächelte. »Es waren gar keine Paddeln da«, sagte er.

Die Münder blieben offen, und ein langes Schweigen trat ein. Opee-Kwan lieh sich die Pfeife von Koogah und machte ein paar nachdenkliche Züge. Eine der jüngeren Frauen kicherte erregt und zog sich dafür zornige Blicke zu.

»Es waren keine Paddeln da?« fragte Opee-Kwan sanft, indem er die Pfeife zurückgab.

»Der Südwind stand hinter ihnen«, erklärte ihm Nam-Bok.

»Aber der Wind treibt nur langsam.«

»Der Schoner hatte Flügel – so.« Er entwarf eine Zeichnung von Masten und Segeln im Sande, und die Männer scharten sich darum und studierten sie. Der Wind frischte auf, und zur Veranschaulichung ergriff er die Ecken vom Schal seiner Mutter und spannte ihn auf, bis er wie ein Segel schwoll. Bask-Wah-Wan schalt und wehrte sich, wurde jedoch ein ganzes Stück den Strand hinuntergeweht und landete hilflos auf einem Stapel Treibholz. Die Männer grunzten klug und verständnisvoll, Koogah aber warf plötzlich sein graues Haupt hintenüber. »Ho! Ho!« lachte er. »Ein verrücktes Ding, dies große Kanu! Ein ganz verrücktes Ding! Ein Spielzeug für den Wind! Wohin der Wind geht, geht es auch. Kein Mann, der darin reist, kann im voraus den Strand nennen, wo er landen wird, denn er geht immer mit dem Wind, und der Wind geht irgendwie, aber keiner weiß wohin.«

»So ist es«, fügte Opee-Kwan ernst hinzu. »Mit dem Winde gehen ist leicht, aber gegen den Wind muß man schwer kämpfen, und diese Männer mit dem großen Kanu hatten ja keine Paddeln und konnten daher nicht kämpfen.«

»Sie brauchten nicht zu kämpfen«, rief Nam-Bok ärgerlich. »Der Schoner ging auch gegen den Wind.«

»Und was, sagtest du, ließ den Sch–Sch–Schoner gehen?« fragte Koogah und trippelte vorsichtig über das fremde Wort.

»Der Wind«, lautete die ungeduldige Antwort.

»Der Wind ließ also den Sch–Sch–Schoner gegen den Wind gehen?« Der alte Koogah grinste ganz offensichtlich Opee-Kwan an, und während das Lachen ringsum wuchs, fuhr er fort: »Der Wind weht gleichzeitig sowohl von vorn wie von hinten. Das ist ganz einfach. Das verstehen wir, Nam-Bok. Das verstehen wir ganz deutlich.«

»Du bist ein Narr!«

»Wahrheit fällt von deinen Lippen«, antwortete Koogah demütig. »Ich habe zu lange gebraucht, um zu verstehen, und es war ja ganz einfach.«

Aber Nam-Boks Antlitz war düster, und er sprach einige schnelle Worte, die die andern nie zuvor gehört hatten. Beinschnitzerei und Feilschraben begannen wieder, aber er schloß die Lippen dicht über der Zunge, der man nicht glauben konnte.

»Dieser Sch–Sch–Schoner,« fragte Koogah unerschütterlich, »er war wohl aus einem sehr großen Baum gemacht?«

»Er war aus vielen Bäumen gemacht«, knurrte Nam-Bok kurz. »Er war sehr groß.«

Er versank wieder in finsteres Schweigen, und Opee-Kwan stieß Koogah an, der mit schlaffem Erstaunen den Kopf schüttelte und murmelte: »Das ist sehr seltsam.«

Nam-Bok biß an. »Das ist noch gar nichts«, sagte er überlegen. »Da solltest du erst den Dampfer sehen. Was das Sandkorn gegen die Bidarka und die Bidarka gegen den Schoner, das ist der Schoner gegen den Dampfer. Dazu ist der Dampfer aus Eisen gemacht. Ganz und gar aus Eisen.«

»Nein, nein, Nam-Bok,« rief der Häuptling, »wie kann das sein? Eisen geht doch immer unter. Ich habe einmal ein eisernes Messer von dem Häuptling des nächsten Dorfes erstanden, und gestern glitt mir das Messer aus der Hand und fiel tief, tief ins Meer. Alle Dinge haben ihr Gesetz. Nie geschieht etwas gegen das Gesetz. Das wissen wir. Und außerdem wissen wir, daß alle Dinge derselben Art dasselbe Gesetz haben, und daß alles Eisen dies Gesetz hat. So nimm denn deine Worte zurück, Nam-Bok, damit wir dich in Ehren halten können.«

»Es ist so«, behauptete Nam-Bok. »Der Dampfer ist ganz aus Eisen und sinkt doch nicht.«

»Nein, nein, das kann nicht sein.«

»Ich hab' es mit meinen eigenen Augen gesehen.«

»Das ist gegen die Natur der Dinge.«

»Aber sage mir, Nam-Bok,« unterbrach Koogah aus Furcht, daß die Geschichte nicht weitergehen würde, »sage mir, wie diese Männer ihren Weg übers Meer finden, wenn es keine Küste gibt, nach der sie steuern können.«

»Die Sonne zeigt ihnen den Weg.«

»Aber wie?«

»Zur Mittagszeit nimmt der Häuptling des Schoners ein Ding, durch das seine Augen nach der Sonne sehen, und dann läßt er die Sonne vom Himmel bis zum Rand der Erde hinabsteigen.«

»Aber das ist doch böse Medizin!« rief Opee-Kwan entsetzt über den Frevel. Die Männer hoben voll Schrecken die Hände, und die Frauen stöhnten. »Das ist böse Medizin. Es ist nicht recht, die große Sonne auf falschen Weg zu leiten, die Sonne, die die Nacht verjagt und uns Robben, Lachs und Wärme schenkt.«

»Und wenn es nun böse Medizin wäre?« fragte Nam-Bok hart. »Ich habe selbst durch das Ding nach der Sonne gesehen und die Sonne vom Himmel heruntersteigen lassen.«

Die Nächststehenden zogen sich eiligst von ihm zurück, und eine Frau verdeckte das Gesicht ihres Säuglings, damit seine Augen nicht darauf fielen.

»Aber am Morgen des vierten Tages, o Nam-Bok,« meinte Koogah, »am Morgen des vierten Tages, als der Sch–Sch–Schoner hinter dir herkam?«

»Ich hatte nur noch wenig Kräfte und konnte nicht fliehen. So wurde ich an Bord geholt, und man flößte mir Wasser in den Mund und gab mir gutes Essen. Zweimal, meine Brüder, habt ihr einen weißen Mann gesehen. Diese Männer waren alle weiß, und es waren ihrer ebenso viele, wie ich Finger und Zehen habe. Und als ich sah, daß sie voller Freundlichkeit waren, faßte ich Mut und beschloß, auf alles zu achten, was ich sah. Und sie lehrten mich die Arbeit, die sie selbst taten, und gaben mir gutes Essen und eine Stelle, wo ich schlafen konnte.

Und Tag auf Tag fuhren wir übers Meer, und jeden Tag zog der Häuptling die Sonne vom Himmel herunter und ließ sich von ihr erzählen, wo wir waren. Und wenn die Wellen freundlich waren, jagten wir die Pelzrobbe, und ich wunderte mich sehr, denn sie warfen immer Fleisch und Speck fort und behielten nur das Fell.«

Opee-Kwans Mund zitterte heftig, und er wollte gegen eine solche Verschwendung protestieren, als Koogah ihm mit einem Fußtritt bedeutete, daß er schweigen solle.

»Nach langer Zeit, als die Sonne fort und die Schärfe des Frostes durch die Luft schnitt, wandte der Häuptling die Nase des Schoners nach Süden. Nach Süden und Osten reisten wir Tag auf Tag und bekamen nie Land in Sicht, bis wir in die Nähe des Dorfes kamen, aus dem die Männer stammten —«

»Wie konnten sie wissen, daß sie in der Nähe waren?« fragte Opee-Kwan, der nicht länger an sich halten konnte. »Es war ja kein Land in Sicht gekommen.«

Nam-Bok blickte ihn zornig an. »Sagte ich nicht, daß der Häuptling die Sonne vom Himmel herunterholte?«

Koogah legte sich dazwischen, und Nam-Bok fuhr fort:

»Wie gesagt, als wir in der Nähe des Dorfes waren, kam ein starker Sturm, und nachts wußten wir nicht, wo wir waren —«

»Du sagtest doch eben, daß der Häuptling wußte —«

»Schweig, Opee-Kwan! Du bist ein Narr und kannst nicht verstehen. Wie gesagt, wir waren hilflos in der Nacht, als ich durch den Lärm des Sturmes das Geräusch der Brandung hörte. Und gleich darauf stießen wir mit einem mächtigen Krach auf, und ich fiel ins Wasser und schwamm. Es war eine felsige Küste, wo es auf viele Meilen nur ein einziges Fleckchen flachen Sand gab, und es war mir bestimmt, daß ich den Sand erreichte und mich mit den Händen aus der Brandung zog. Die andern Männer müssen auf die Klippen gespült sein, denn keiner von ihnen kam an Land, außer dem Häuptling, und ihn konnte ich nur an dem Ring an seinem Finger erkennen.

Als der Tag kam, war nichts mehr vom Schoner übrig, und ich wandte mein Gesicht dem Lande zu und wanderte hinein, um Nahrung zu finden und Menschen zu treffen. Und als ich an ein Haus kam, wurde ich empfangen und bekam zu essen, denn ich hatte ihre Sprache gelernt, und weiße Männer sind immer freundlich. Und es war ein Haus, größer als alle Häuser, die wir und unsere Väter vor uns gebaut haben.«

»Es war ein mächtiges Haus«, sagte Koogah und verbarg seinen Unglauben hinter Verwunderung.

»Und es gehören viele Bäume dazu, um ein solches Haus zu bauen«, fügte Opee-Kwan hinzu, indem er es dem andern nachmachte.

»Das ist gar nichts.« Nam-Bok zuckte geringschätzig die Achseln. »Was unsere Häuser gegen das Haus, das war das Haus gegen die Häuser, die ich später sehen sollte.«

»Und es sind keine großen Männer?«

»Nein, gewöhnliche Männer wie du und ich«, antwortete Nam-Bok. »Ich hatte mir einen Stock geschnitten, um bequemer zu gehen, und da ich daran dachte, euch, meinen Brüdern, zu melden, was ich zu sehen bekam, so schnitt ich für jeden Menschen, der in dem Hause wohnte, eine Kerbe in den Stock. Und dort blieb ich viele Tage und arbeitete, und zum Lohn gaben sie mir Geld – etwas, das ihr nicht kennt, das aber sehr gut ist.

Und eines Tages verließ ich den Ort und ging weiter ins Land hinein. Und während ich ging, traf ich viele Menschen, und ich schnitt kleinere Kerben in meinen Stock, damit für sie alle Platz wäre. Und da stieß ich auf ein seltsames Ding. Auf dem Boden vor mir lag eine Eisenstange, so dick wie ein Arm, und einen weiten Schritt davon lag eine andere Eisenstange –«

»Da warst du ein reicher Mann,« versicherte Opee-Kwan, »denn Eisen ist mehr wert als alles andere auf der Welt. Es muß für viele Messer gereicht haben.«

»Ja, aber es gehörte nicht mir.«

»Du hattest es gefunden, und was man findet, darf man behalten.«

»Nein, die weißen Männer hatten es dorthin gelegt. Und außerdem waren diese Stangen so lang, daß kein Mensch sie forttragen konnte – so lang, daß sie kein Ende hatten, soweit man sehen konnte.«

»Nam-Bok, das ist sehr viel Eisen«, warnte Opee-Kwan.

»Ja, es war schwer zu glauben, selbst als ich es mit eigenen Augen sah; aber ich konnte meine eigenen Augen nicht widerlegen. Und als ich es betrachtete, hörte ich …« Er wandte sich plötzlich zu dem Häuptling. »Opee-Kwan, du hast den Seelöwen im Zorn brüllen gehört. Denke dir nur, so viele Seelöwen, wie Wellen im Meere sind, und denke dir, daß alle diese

Seelöwen zu einem einzigen Seelöwen geworden sind, und wie dieser eine Seelöwe brüllen würde, so brüllte das Ding, das ich hörte.« Die Fischer stießen laute Rufe des Erstaunens aus, und Opee-Kwans Mund öffnete sich und blieb offen stehen.

»Und in der Ferne sah ich ein Ungeheuer wie tausend Wale. Es war einäugig und spie Rauch aus, und es schnaufte entsetzlich laut. Ich fürchtete mich und lief auf zitternden Beinen den Weg zwischen den Stangen entlang. Aber es kam mit der Schnelligkeit des Windes, dieses Ungeheuer, und ich lief fort von den Eisenstangen, als es mir seinen heißen Atem ins Gesicht blies ...«

Opee-Kwan gewann die Herrschaft über seinen Mund wieder. »Und – und was dann, o Nam-Bok?«

»Dann lief es weiter die Stangen entlang und tat mir nichts, und als ich wieder auf den Beinen stehen konnte, war es nicht mehr zu sehen. Und das war etwas ganz Gewöhnliches in diesem Land. Selbst Frauen und Kinder fürchten sich nicht davor. Die Männer lassen sie für sich arbeiten, diese Ungeheuer.«

»Wie wir unsere Hunde arbeiten lassen?« fragte Koogah mit skeptischem Augenzwinkern.

»Ja, wie wir unsere Hunde arbeiten lassen.«

»Und wie vermehren sie sich, diese – diese Dinge?« fragte Opee-Kwan.

»Sie vermehren sich gar nicht. Die Menschen machen sie sinnreich aus Eisen, füttern sie mit Steinen und geben ihnen Wasser zu trinken. Die Steine werden zu Feuer, und das Wasser wird zu Dampf, und der Wasserdampf ist der Atem in ihren Nüstern, und –«

»So, so, o Nam-Bok«, unterbrach Opee-Kwan ihn. »Erzähl' uns von andern Wundern. Dies ermüdet uns, da wir es nicht verstehen können.«

»Versteht ihr es nicht?« fragte Nam-Bok verzweifelt.

»Nein, wir verstehen es nicht«, antworteten Männer und Frauen klagend. »Wir können es nicht verstehen.«

Nam-Bok dachte an eine komplizierte Mähmaschine und an die Maschinen, in denen man Bilder lebender Menschen sehen konnte, und an die Maschinen, aus denen Menschenstimmen kamen, und er wußte, daß sein Volk sie nie verstehen würde.

»Darf ich sagen, daß ich auf diesem eisernen Ungeheuer durch das Land ritt?« fragte er bitter.

Opee-Kwan hob die Hände mit nach außen gekehrten Flächen in offenbarem Unglauben. »Weiter. Sag', was du willst. Wir lauschen.«

»Ja, dann ritt ich auf diesem Ungeheuer und gab Geld dafür —«

»Du sagtest doch, es würde mit Steinen gefüttert.«

»Und ich sagte auch, du Narr, daß Geld etwas sei, wovon ihr nichts verständet. Wie gesagt, ich ritt auf dem Ungeheuer durch das Land und durch viele Dörfer, bis ich in ein großes Dorf an einem salzigen Meeresarm kam. Und die Häuser hoben ihre Dächer ganz bis zwischen die Sterne des Himmels, und die Wolken trieben an ihnen vorbei, und überall war viel Rauch. Und der Lärm in dem Dorfe war wie das Brüllen des Meeres im Sturm, und die Menschen waren so zahlreich, daß ich meinen Stock fortwarf und nicht mehr an die Kerben dachte.«

»Hättest du die Kerben ganz klein gemacht,« sagte Kogaah vorwurfsvoll, »so hättest du uns die Nachricht bringen können.«

Nam-Bok schnellte sich zornig zu ihm herum. »Wenn ich die Kerben ganz klein gemacht hätte! Hör' zu, Koogah, du Knochenkratzer! Wenn ich die Kerben auch ganz klein gemacht hätte, so würde doch weder der Stock noch zwanzig Stöcke — ja, nicht einmal alles Treibholz am ganzen Strande zwischen diesem Dorf und dem nächsten für sie Platz gehabt haben. Und wenn ihr alle, Frauen und Kinder inbegriffen, zwanzigmal so viele wäret und jeder zwanzig Hände und einen Stock und ein Messer in jeder Hand hättet, so könntet ihr doch nicht Kerben schneiden für alle Menschen, die ich sah, so viele waren es, und so schnell kamen und gingen sie.«

»So viele Menschen kann es in der ganzen Welt nicht geben«, wandte Opee-Kwan, halb betäubt, ein, denn sein Sinn konnte eine solche Zahl nicht fassen.

»Was weißt du von der ganzen Welt und davon, wie groß sie ist?« fragte Nam-Bok.

»Aber es können doch nicht so viele Menschen an einem Ort sein.«

»Wer bist du, daß du sagen kannst, was sein und was nicht sein kann?«

»Es kann sich doch jeder selbst sagen, daß nicht so viele Menschen an einem Ort sein können. Ihre Kanus würden ja das ganze Meer füllen, so daß kein Platz mehr wäre. Und sie könnten jeden Tag das Meer von Fischen leeren und würden doch nicht Nahrung genug haben.«

»So sollte es scheinen«, lautete Nam-Boks endgültige Antwort. »Aber dennoch war es so. Ich sah es mit eigenen Augen, und ich warf meinen Stock weg.« Er gähnte tief und erhob sich.

»Ich bin weit gerudert. Der Tag ist lang gewesen, und ich bin müde. Jetzt will ich schlafen, und morgen werden wir mehr von den Dingen reden, die ich gesehen habe.«

Bask-Wah-Wan humpelte ängstlich vor, zwar stolz, aber dennoch besorgt um ihren wunderbaren Sohn, und führte ihn in ihr Igloo, wo sie ihn in die fettigen, übelduftenden Felle stopfte. Die Männer aber blieben am Feuer sitzen und hielten Rat mit vielem Flüstern und leiser Rede und Widerrede.

Eine Stunde verging und noch eine, und Nam-Bok schlief, während die Beratung ihren Fortgang nahm. Die Abendsonne sank im Nordwesten, und um elf Uhr stand sie fast genau im Norden.

Da verließen der Häuptling und der Beinschnitzer den Rat, gingen zu Nam-Bok und weckten ihn. Er blinzelte sie an und drehte sich auf die andere Seite, um weiterzuschlafen. Aber Opee-Kwan ergriff ihn um Arm und schüttelte ihn freundlich, aber bestimmt, bis er zu sich kam.

»Komm, Nam-Bok, steh auf!« befahl er. »Es ist Zeit.«

»Wieder ein Schmaus?« rief Nam-Bok. »Nein, ich bin nicht hungrig. Eßt ihr nur weiter und laßt mich schlafen.«

»Es ist Zeit, daß du gehst!« donnerte Koogah.

Aber Opee-Kwan sprach sanfter. »Du warst mein Bidarka-Kamerad, als wir Knaben waren«, sagte er. »Gemeinsam lernten wir die Robbe jagen und den Fachs fangen. Und du zogst mich ins Leben zurück, Nam-Bok, als das Meer sich über mir schloß und ich hinabgezogen wurde zu den schwarzen Felsen. Gemeinsam hungerten wir und fanden uns in die Qual des Frostes, und gemeinsam krochen wir unter ein Fell und lagen dicht aneinander. Und wegen all dessen und wegen der Freundschaft, die ich für dich hegte, tut es mir so sehr leid, daß du als ein so schrecklicher Lügner zurückgekommen bist. Wir können die Dinge, die du gesagt hast, nicht verstehen, und uns schwindeln die Köpfe davon. Und deshalb schicken wir dich fort, damit unsere Köpfe klar und stark bleiben und nicht von den unbegreiflichen Dingen verwirrt werden.«

»Diese Dinge, von denen du sprichst, sind Schatten«, ergriff Koogah das Wort. »Du hast sie aus der Schatten weit gebracht, und zur Schatten weit mußt du sie zurückbringen. Deine Bidarka ist bereit, und der Stamm wartet. Sie können nicht schlafen, ehe du fortgezogen bist.«

Nam-Bok war verblüfft, lauschte aber der Stimme des Häuptlings.

»Wenn du Nam-Bok bist«, sagte Opee-Kwan, »so bist du ein schrecklicher und höchst wanderbarer Lügner; bist du aber Nam-Boks Schatten, so sprichst du von Schatten, und es ist nicht gut, daß lebende Menschen etwas davon wissen. Das große Dorf, von dem du sprichst, muß ein Dorf der Schatten sein. Darin schweben die Seelen der Toten; denn der Toten sind viele und der Lebenden wenige. Die Toten kehren nicht wieder. Nie ist ein Toter wiedergekehrt – außer dir mit deinen wunderbaren Geschichten. Es ist nicht schicklich, daß die Toten wiederkehren, und würden wir es erlauben, so könnte großes Unglück über uns kommen.«

Nam-Bok kannte sein Volk gut und wußte, daß die Stimme des Rates unumstößlich war. Daher ließ er sich an den Strand führen, wo man ihn in seine Bidarka setzte und ihm ein Paddelruder in die Hand gab.

Eine einsame Wildgans schrie draußen auf dem Meere, und die Brandung schlug lässig und hohl gegen den Sand. Eine trübe Dämmerung brütete über Land und Meer, und gegen Norden glühte schwach und unfreundlich, in blutrote Nebel gehüllt, die Sonne. Die Möwen flogen niedrig. Der Festlandwind wehte scharf und kalt, und die schwarzen Wolkenmassen im Hintergrunde versprachen schlechtes Wetter.

»Vom Meere kamst du,« sang Opee-Kwan orakelhaft, »und zum Meere gehst du. So ist alles ausgeglichen und dem Gesetz Genüge getan.«

Bask-Wah-Wan humpelte an den Schaumrand und rief: »Ich segne dich, Nam-Bok, weil du an mich dachtest.«

Aber Koogah schob Nam-Bok vom Strande ab, riß ihr den Schal von der Schulter und warf ihn in die Bidarka.

»Es ist kalt in den langen Nächten,« jammerte sie, »und der Frost beißt in alte Knochen.«

»Das Ding ist ein Schatten,« antwortete der Beinschnitzer, »und Schatten können dich nicht erwärmen.«

Nam-Bok erhob sich, damit man seine Stimme an Land hören konnte.

»O Bask-Wah-Wan, Mutter, die mich gebar!« rief er. »Lausche den Worten deines Sohnes Nam-Bok. Seine Bidarka hat Platz für zwei, und er will dich gern mitnehmen. Denn er reist dorthin, wo es voll ist von Fischen und Tran. Dorthin kommt der Frost nicht, dort ist das Leben bequem, und Eisendinge tun die Arbeit der Menschen. Willst du mitkommen, o Bask-Wah-Wan?«

Sie zögerte einen Augenblick, während die Bidarka schnell abtrieb, und erhob dann ihre Stimme in zitterndem Diskant:

»Ich bin alt, Nam-Bok, und muß bald zu den Schatten gehen. Aber ich möchte nicht gehen, ehe meine Zeit gekommen ist. Ich bin alt, Nam-Bok, und ich fürchte mich.«

Ein Lichtstrahl schoß über das schwach, beleuchtete Meer und warf auf das Boot und den Mann einen rotgoldenen Glanz.

Es ward still unter den Fischern, und man hörte nichts mehr als das Stöhnen des Festlandwindes und die Schreie der niedrig fliegenden Möwen.

Der Herr des Geheimnisses

Es herrschte Jammer im Dorfe. Die Frauen riefen mit schrillen, hohen Stimmen durcheinander. Die Männer sahen finster und unschlüssig drein, und selbst die Hunde streiften unsicher umher, erschrocken über die Unruhe im Lager und bereit, sich beim ersten Ausbruch von Unruhen in die Wälder zurückzuziehen. Die Luft war schwül von Mißtrauen. Kein Mensch war seines Nachbarn sicher, und jeder war sich bewußt, daß seine Kameraden ihm gegenüber ebenso unsicher waren. Selbst die Kinder befanden sich in gedrückter und feierlicher Stimmung, und der kleine Di Ya, die Ursache von allem, hatte erst von seiner Mutter Hooniah, dann von seinem Vater Bawn eine tüchtige Tracht Prügel bekommen und wimmerte nun und betrachtete die Welt vorwurfsvoll im Schutze der großen umgestürzten Kanus am Strande.

Und um es gar noch schlimmer zu machen, war Scundoo, der Schamane, in Ungnade gefallen, und man konnte nun seinen Zauber nicht in Anspruch nehmen, um den Missetäter zu finden. Hatte doch Scundoo vor einem Monat guten Südwind versprochen, daß der Stamm nach dem Potlatch in Tonkin reisen konnte, wo Taku Jim auszugeben gedachte, was er sich seit zwanzig Jahren erspart hatte. Und als der Tag kam, wehte ein scharfer Nordwind, und von den drei ersten Kanus, die sich hinauswagten, wurde eins von der schweren See vollgeschlagen und die beiden andern auf den Klippen zerschmettert, wobei ein Kind ertrank. Er hätte versehentlich den falschen Sack geöffnet, erklärte er. Aber die Leute wollten ihm kein Gehör schenken; die Opfer von Fleisch, Fisch und Fellen fanden nicht mehr den Weg zu seiner Tür, und nun saß er drinnen und schmollte – und tat bittere Buße bei Fasten, wie sie glaubten; in Wirklichkeit aß er gründlich von seinen reichen Vorräten und grübelte über den Wankelmut der Menge.

Hooniahs Decken waren verschwunden. Es waren gute Decken, wunderbar dick und warm, und Hooniahs Stolz auf sie wurde noch dadurch erhöht, daß sie so billig zu ihnen gekommen war. Ty-Kwan aus dem Nachbardorfe war ein

Narr, daß er sie so preiswert abgelassen hatte. Aber sie wußte allerdings nicht, daß sie aus dem Besitz des ermordeten Engländers stammten, wegen dessen Verschwinden der Kutter der Vereinigten Staaten lange Zeit die Küste entlang geschnüffelt hatte, während Jollen die geheimen Einlaufe durchschnauften und durchfauchten. Und da sie nicht wußte, daß Ty-Kwan Eile gehabt hatte, die Decken loszuwerden, damit sein eigenes Volk der Regierung keine Rechenschaft abzulegen brauchte, war Hooniahs Stolz unerschüttert. Und weil die andern Frauen sie beneideten, war ihr Stolz ohne Ende und schrankenlos, so daß er sich über die Grenzen des Dorfes hinaus über die ganze Küste Alaskas von Dutch Harbour bis St. Mary verbreitete. Ihr Totem war mit Recht berühmt, und ihr Name lebte auf den Lippen von Männern, wo immer Männer zusammenkamen, um zu fischen oder zu schmausen, eben wegen der Decken und deren wunderbarer Dicke und Wärme. Nun aber waren sie verschwunden – man stand vor einem Mysterium.

»Ich hatte sie gerade an die Hüttenwand in die Sonne zum Trocknen gehängt«, erklärte Hooniah zum tausendsten Male ihren Thlinket-Schwestern. »Ich hatte sie gerade aufgehängt und mich umgedreht: denn Di Ya, der Teigdieb und Mehlfresser, der er ist, stand kopfüber in dem großen eisernen Topf, so daß seine Beine wie die Zweige eines Baumes im Winde schwankten. Und ich hatte ihn eben herausgezogen und zweimal mit dem Kopfe gegen die Tür gestoßen, um ihm Vernunft beizubringen – und denkt euch: da waren die Decken fort!«

»Fort waren die Decken!« wiederholten die Frauen in ehrfurchtsvollem Flüstern.

»Ein schwerer Verlust«, sagte eine, und eine zweite:

»Nie hat es solche Decken gegeben.« Und eine dritte:

»Dein Verlust tut uns leid, Hooniah.« Dennoch war jede der Frauen im Herzen froh, daß die abscheulichen Decken, die soviel Zwietracht veranlaßt hatten, fort waren.

»Ich hatte sie gerade in die Sonne gehängt«, begann Hooniah zum tausendundersten Male.

»Ja, ja«, sagte Bawn müde. »Aber es war keiner von den Spitzbuben aus andern Dörfern hier. Und daher ist es klar, daß es irgend jemand von userm eigenen Stamme gewesen sein muß, der sich an den Decken vergriffen hat.«

»Wie ist das möglich, o Bawn?« ertönte es in ärgerlichem Chor von den Frauen. »Wer sollte das sein?«

»Dann ist es Hexerei gewesen«, fuhr Bawn stumpfsinnig fort, ließ jedoch einen schlauen Blick über ihre Gesichter schweifen.

»Hexerei!« Und bei dem furchtbaren Worte dämpften sie die Stimmen und blickten sich ängstlich an.

»Ja«, bestätigte Hooniah, und einen Augenblick flammte die versteckte Bosheit in ihr jubelnd auf. »Und sie haben nach Klok-No-Ton geschickt und starke Ruder mitgegeben. Er kommt sicher mit der Nachmittagsflut.«

Die kleinen Gruppen brachen auf, und Furcht legte sich auf das Dorf. Von allem Unglück war Hexerei das entsetzlichste. Mit den ungreifbaren und unsichtbaren Mächten konnten nur die Schamanen es aufnehmen, und weder Mann noch Weib oder Kind konnte bis zum Augenblick der Probe wissen, ob ihre Seelen vom Teufel besetzt waren oder nicht. Und von allen Schamanen war Klok-No-Ton, der im Nachbardorfe wohnte, der furchtbarste. Keiner fand mehr böse Geister als er, keiner suchte seine Opfer mit schrecklicheren Foltern heim. Einmal hatte er sogar einen Teufel gefunden, der im Leibe eines drei Monate alten Kindes wohnte – einen äußerst widerspenstigen Teufel, der sich erst austreiben ließ, nachdem das Kind eine ganze Woche auf Dornen gelegen hatte. Die Leiche war dann ins Meer geworfen worden, aber die Wellen schleuderten sie immer wieder an den Strand wie einen Fluch über das Dorf, und sie verschwand erst wirklich, als zwei kräftige Männer bei Ebbe an Pfähle gebunden und ertränkt waren.

Und nach diesem Klok-No-Ton hatte Hooniah jetzt geschickt. Besser wäre es gewesen, wenn Scundoo, ihr eigener Schamane, sich nicht mit Schande bedeckt hätte. Denn er war immer milder aufgetreten und hatte einmal zwei Teufel aus einem Manne gejagt, der später sieben gesunde Kinder zeugte.

Aber Klok-No-Ton! Es schauderte sie vor trüben Ahnungen bei dem Gedanken an ihn, und jeder einzige fühlte sich als das Ziel anklagender Augen und sah anklagend die andern an – jeder einzige, mit Ausnahme von Sime, und Sime war ein Lästerer, dessen schlimmes Ende mit Sicherheit vorausbestimmt war, die durch seine Erfolge nicht erschüttert werden konnte. »Ho! Ho!« lachte er. »Teufel und Klok-No-Ton! Es gibt keinen größeren Teufel als ihn selber im ganzen Thlinket-Lande.«

»Du Narr! Jetzt kommt er gerade mit seinen Hexereien und Zauberkünsten; halte deine Zunge im Zaum, daß dir nicht Böses widerfährt und deine Tage nicht kurz werden im Lande!«

So sprach La-lah, auch der Sünder genannt, und Sime lachte höhnisch.

»Ich bin Sime, der keine Angst kennt und sich nicht fürchtet vor der Dunkelheit. Ich bin ein starker Mann, wie mein Vater vor mir, und mein Kopf ist klar. Weder du noch ich, keiner von uns beiden hat die unsichtbaren bösen Mächte mit Augen gesehen.«

»Aber Scundoo hat es«, antwortete La-lah. »Und Klok-No-Ton auch. Das wissen wir.«

»Woher weißt du das, du Sohn eines Toren?« donnerte Sime, und sein heißes Blut färbte seinen dicken Stierhals.

»Aus ihrem eigenen Munde, daß du es weißt.«

Sime schnaubte. »Ein Schamane ist auch nur ein Mensch. Können seine Worte nicht falsch sein wie deine und meine? Pah! Pah! Nicht so viel gebe ich für alle deine Schamanen und alle Teufel deiner Schamanen!«

Und nach rechts und links mit den Fingern schnippend, verließ Sime den Kreis der Zuschauer, die ihm ängstlich und beflissen Platz machten.

»Ein guter Fischer und ein starker Jäger, aber ein böser Mensch«, sagte einer.

»Aber er gedeiht doch«, grübelte ein anderer.

»Darum sei auch du böse und gedeihe«, gab Sime über die Schulter zurück. »Und wenn ihr alle böse wäret, so brauchtet ihr keinen Schamanen. Pah! Ihr seid Kinder, die sich vor der Dunkelheit fürchten!«

Und als Klok-No-Ton mit der Nachmittagsflut kam, klang Simes trotziges Lachen noch ebenso dreist, ja, er konnte sich nicht einmal einen Witz verbeißen, als der Schamane beim Landen auf dem Sande ausglitt. Klok-No-Ton blickte ihn mürrisch an und schritt grußlos mitten durch sie hindurch nach Scundoos Haus.

Über die Begegnung mit Scundoo erfuhr keiner vom Stamme etwas, denn sie standen ehrerbietig in einiger Entfernung zusammen und flüsterten miteinander, während die Herren des Geheimnisses sich trafen.

»Sei gegrüßt, o Scundoo!« brummte Klok-No-Ton, augenscheinlich im Zweifel, wie der andere ihn empfangen würde.

Er war ein wahrer Riese und ragte weit über den kleinen Scundoo empor, dessen dünne Stimme wie das schwache ferne Zirpen einer Grille tönte.

»Sei gegrüßt, Klok-No-Ton«, antwortete er. »Dein Kommen macht den Tag schön.«

»Aber es scheint ...« Klok-No-Ton zögerte.

»Ja, ja,« fiel der kleine Schamane ungeduldig ein, »daß böse Tage über mich gekommen sind, sonst brauchte ich dir nicht zu danken, daß du meine Arbeit tust.«

»Es tut mir leid, Freund Scundoo ...«

»Nein, ich freue mich, Klok-No-Ton.«

»Aber ich will dir die Hälfte von dem geben, was man mir gibt.«

»Nein, nein, mein guter Klok-No-Ton«, murmelte Scundoo mit einer abwehrenden Handbewegung. »Ich bin dein Sklave, und meine Tage sind von dem Wunsch erfüllt, dir Freundschaft zu erweisen.«

»Wie auch ich —«

»Wie auch du mir jetzt Freundschaft erweisest.«

»Ist dem so, so sage mir, ob es eine schlimme Geschichte mit den Decken dieser Frau Hooniah ist?«

Der große Schamane fühlte sich vorsichtig vor, und Scundoo lächelte ein blasses fahles Lächeln, denn er war gewohnt, in den Herzen der Menschen zu lesen, und alle

Menschen erschienen ihm sehr klein. »Du hast immer starke Medizin gebraucht«, sagte er. »Zweifellos wirst du bald den Täter entdecken.«

»Ja, bald, sobald meine Augen ihn gesehen haben.« Wieder zögerte Klok-No-Ton. »Sind Spitzbuben von anderswo hier gewesen?« fragte er.

Scundoo schüttelte den Kopf. »Sieh! Ist das nicht ein prachtvoller Kamik?«

Er hielt den Schuh aus Robbenfell und Walroßhaut hoch, und sein Gast untersuchte ihn mit heimlichem Interesse.

»Ich bekam ihn billig.«

Klok-No-Ton nickte aufmerksam.

»Ich kaufte ihn von dem Manne. La-lah. Er ist ein merkwürdiger Mann, und ich habe oft gedacht ...«

»So?« sagte Klok-No-Ton ungeduldig auf gut Glück.

»Ich habe oft gedacht«, schloß Scundoo, indem er die Stimme senkte und eine Pause machte. »Es ist schönes Wetter heute, und deine Medizin ist stark, Klok-No-Ton.«

Klok-No-Tons Gesicht klärte sich auf. »Du bist ein großer Mann, Scundoo, ein Schamane unter den Schamanen. Jetzt gehe ich. Ich werde stets an dich denken. Und der Mann La-lah ist, wie du sagst, ein merkwürdiger Mann.«

Scundoo lächelte, noch fahler und blasser, schloß die Tür hinter seinem sich entfernenden Gaste und verriegelte sie sorgsam.

Sime setzte sein Kanu instand, als Klok-No-Ton an den Strand kam, und er unterbrach seine Arbeit gerade lange genug, um herausfordernd seine Büchse zu laden und neben sich zu legen.

Der Schamane bemerkte es und rief: »Laß alle Leute sich hier an dieser Stelle versammeln! So befiehlt Klok-No-Ton, der Teufelssucher und Teufelsaustreiber!«

Er hatte sie eigentlich bei Hooniahs Hause versammeln wollen, es war aber notwendig, daß alle dabei waren, und er zweifelte an Simes Gehorsam und wollte sich ungern mit ihm einlassen. Sime war seiner Meinung nach ein Mann, den man am besten in Frieden ließ, und mit dem in Streit zu geraten für einen Schamanen überhaupt nicht geraten war. »Laßt das

Weib Hooniah vortreten«, befahl Klok-No-Ton und blickte wütend im Kreise herum, so daß denen, die er ansah, ein kalter Schauder den Rücken hinabrann.

Hooniah watschelte vor mit gesenktem Haupt und abgewandtem Blick.

»Wo sind deine Decken?«

»Ich hatte sie eben in die Sonne gehängt, und dann waren sie weg!« jammerte sie.

»So?«

»Es war Di Yas Schuld.«

»So?«

»Er hat eine tüchtige Tracht Hiebe bekommen und soll noch mehr haben, weil er Unglück über uns arme Leute gebracht hat.«

»Die Decken!« brüllte Klok-No-Ton heiser, der voraussah, daß sie von dem Preis, den sie bezahlen sollte, abhandeln wollte. »Die Decken, Weib! Daß du reich bist, wissen wir.«

»Ich hatte sie eben in die Sonne gelegt,« greinte sie, »und wir sind arme Leute und haben nichts.«

Sein ganzer Körper wurde plötzlich starr, sein Gesicht verzog sich zu einer häßlichen Grimasse, und Hooniah schauderte zurück. Aber da sprang er plötzlich mit verdrehten Augen und herabhängendem Unterkiefer auf sie los, daß sie stolperte und vor ihm niederfiel, wo sie, sich krümmend, liegenblieb. Er machte wilde Armbewegungen und peitschte die Luft, während sein Körper sich wie in Qualen wand und drehte. Er sah aus, als habe er einen epileptischen Anfall erlitten. Weißer Schaum stand ihm auf den Lippen, und sein Körper erschauerte und zitterte in Krämpfen.

Die Frauen brachen in einen jammernden Gesang aus und wiegten sich in völliger Selbstaufgebung vor und zurück, und die Männer erlagen einer nach dem andern der Erregung, bis nur Sime noch übrig war. Er saß rittlings auf seinem Kanu und sah mit spöttischer Miene zu; aber dennoch lasteten die Vorfahren, deren Abkomme er war, schwer auf ihm, und er schwor seine stärksten Eide, um sich zu ermutigen. Klok-No-Ton war schrecklich anzusehen. Er hatte seine Decke abgeworfen und sich die Kleider vom Leibe gerissen, so daß er, bis

60

auf einen Gürtel von Adlerklauen um die Lenden, ganz nackt war. Unter Schreien und Heulen sprang er mit flatterndem langen, schwarzen Haar wie ein nächtlicher Schatten im Kreise umher. Sein Wahn drückte sich in einem gewissen unkultivierten Rhythmus aus, der schließlich alle beherrschte, so daß ihre Leiber im Takt mit den seinen schwangen und ihre Schreie mit den seinen zusammenklangen. Da blieb er plötzlich starr aufrecht sitzen und streckte einen langen krallenartigen Finger aus. Ein leises Stöhnen, wie vom Tode, erklang, und das Volk kroch mit zitternden Knien zusammen, während der entsetzliche Finger über sie hinglitt. Denn der Tod wanderte mit ihm, und das Leben blieb bei denen, die ihn vorübergehen sahen, und die, an denen er vorbeigegangen war, folgten ihm mit eifrigem Interesse. Zuletzt ertönte ein furchtbarer Schrei, und der unheilvolle Zeigefinger blieb auf La-lah haften. Der zitterte wie Espenlaub und sah sich im Geiste bereits tot, seinen Besitz in alle Winde zerstreut und seine Witwe mit seinem Bruder verheiratet. Er versuchte zu sprechen, zu leugnen, aber die Zunge klebte ihm am Gaumen, und die Kehle war ihm wie vor unerträglichem Durst verdorrt. Klok-No-Ton schien jetzt, da sein Werk vollbracht, halb ohnmächtig zu sein; aber er wartete mit geschlossenen Augen und lauschte, ob das große Blutgeschrei sich erhob – das große Blutgeschrei, das seine Ohren so gut kannten aus tausend Beschwörungen, wenn der Stamm sich wie Wölfe über das zitternde Opfer gestürzt hatte. Aber hier herrschte nur Schweigen, dann ertönte ein leises Kichern und wuchs, bis sich eine mächtige Woge von Lachen bis zum Himmel erhob. »Was heißt das?« rief er.

»Na, na!« lachte das Volk. »Deine Medizin taugt nichts, o Klok-No-Ton!«

»Alle wissen,« stammelte La-lah, »daß ich acht lange Monate weit fort mit den Siwash-Robbenfängern jagte und erst heute morgen heimgekommen bin und gehört habe, daß Hooniahs Decken verschwunden waren, ehe ich kam!«

»Das ist wahr!« schrien sie einstimmig. »Hooniahs Decken waren verschwunden, ehe er kam!«

»Und du bekommst keine Bezahlung für deine Medizin, die nichts taugt«, erklärte Hooniah, die wieder auf die Beine gekommen war und unter dem Gefühl litt, sich lächerlich gemacht zu haben.

Aber Klok-No-Ton sah nur Scundoos Gesicht mit dem blassen, fahlen Lächeln vor sich und hörte nur das schwache ferne Grillenzirpen: »Ich kaufte ihn von dem Manne La-lah, und ich habe oft gedacht« und »Es ist schönes Wetter heute, und deine Medizin ist stark.«

Er schoß an Hooniah vorbei, und der Kreis machte ihm instinktiv Platz. Sime rief ihm von seinem Kanu aus eine Anzüglichkeit zu, die Frauen kicherten ihm ins Gesicht, höhnische Rufe ertönten hinter ihm her, aber ohne sich darum zu kümmern, eilte er nach Scundoos Haus. Er donnerte an die Tür, schlug mit geballten Fäusten auf sie los und heulte Verwünschungen. Aber es kam keine Antwort, nur in den Pausen erklang Scundoos Stimme in unheimlichen Zaubergesängen. Klok-No-Ton raste wie ein Verrückter, als er aber die Tür mit einem großen Stein einzuschlagen versuchte, ertönte Knurren von Männern und Frauen. Und er, Klok-No-Ton, wußte, daß er hier, seiner Stärke und Autorität beraubt, einem fremden Volke gegenüberstand. Er sah, wie ein Mann sich nach einem Stein bückte, sah, wie ein zweiter dasselbe tat, und er wurde von Furcht gepackt.

»Tu Scundoo nichts, er ist ein Meister!« rief eine Frau.

»Es ist am besten, wenn du in dein eigenes Dorf zurückkehrst«, rief ein Mann drohend.

Klok-No-Ton machte kehrt und schritt durch sie hindurch zum Strande hinunter, grimmige Wut im Herzen, und in seinem Kopfe begründete Besorgnis um seinen wehrlosen Ruf. Aber kein Stein wurde ihm nachgeworfen. Die Kinder umschwärmten ihn mit Spottworten, und die Luft erscholl von Hohngelächter, aber das war auch alles. Immerhin atmete er erst auf, als sein Kanu auf offener See war; da erhob er sich und schleuderte einen zwecklosen Bannstrahl auf das ganze Dorf und seine Bewohner und vergaß nicht, Scundoo, der ihn angeführt hatte, besonders zu erwähnen.

An Land rief man nach Scundoo, und die Bevölkerung scharte sich um seine Tür und bat und flehte in babylonischer Verwirrung, bis er mit erhobener Hand heraustrat.

»Da ihr meine Kinder seid, bin ich bereit, euch zu verzeihen«, sagte er. »Aber nur dieses eine Mal. Es ist das letztemal, daß ich euch eure Torheit ungestraft hingehen lasse. Was ihr wünscht, soll erfüllt werden, und ich weiß schon, was es ist. Heute nacht, wenn der Mond hinter die Welt gegangen ist, um die mächtigen Toten anzuschauen, soll das Volk sich in der Dunkelheit um Hooniahs Haus versammeln. Dann soll der Missetäter vortreten und seinen verdienten Lohn empfangen. Ich habe gesprochen.«

»Und er soll den Tod erleiden!« brüllte Bawn, »denn er hat uns Kummer und Schande gebracht.«

»So sei es denn«, erwiderte Scundoo und schloß seine Tür.

»Jetzt wird alles an den Tag kommen, und Zufriedenheit wird unter uns herrschen«, erklärte La-lah orakelhaft.

»Durch Scundoo, des kleinen Mannes Hilfe«, höhnte Sime.

»Durch Scundoo, des kleinen Mannes Medizin«, berichtigte La-lah.

»Kinder der Torheit, dieses Thlinket-Volk!«

Sime schlug sich klatschend auf den Schenkel. »Es ist ganz unverständlich, daß erwachsene Frauen und starke Männer in den Dreck hinunter wollen, um Märchen zu träumen.«

»Ich bin ein weitgereister Mann«, antwortete La-lah. »Ich habe die tiefen Meere befahren und Zeichen und Wunder gesehen, und ich weiß, daß es so ist. Ich bin La-lah –«

»Der Betrüger –«

»So nennt man mich, aber mein rechter Name wäre ›der Weltbereiste‹.«

»Ich bin kein so großer Reisender –« begann Sime.

»Dann solltest du den Mund halten«, unterbrach ihn Bawn, und sie schieden in Unfrieden.

Als der letzte Silberstrahl des Mondes auf der andern Seite der Welt verschwunden war, trat Scundoo unter das Volk, das sich um Hooniahs Haus gesammelt hatte. Er ging mit schnellen, leichten Schritten, und wer ihn so im Scheine von Hooniahs Tranlampe sah, bemerkte, daß er mit leeren Händen ohne Rasseln, Masken oder die sonstige Ausstattung eines Schamanen kam, außer einem großen, schläfrigen Raben, den er unter dem einen Arme trug.

»Ist Holz für ein Feuer gesammelt, damit alle sehen können, wie das Werk vor sich geht?« fragte er.

»Ja«, antwortete Bawn. »Hier ist reichlich Holz.«

»So hört alle wohl zu, denn meiner Worte sind nur wenige. Ich habe Jelchs, den Raben, mitgebracht, der Geheimnisse errät und Verborgenes sieht. Ihn, den Schwarzen, will ich unter Hooniahs großen schwarzen Topf in den schwärzesten Winkel des Hauses setzen. Die Tranlampe soll ausgelöscht werden, daß alles dunkel ist. Das ist ganz einfach. Einer nach dem andern sollt ihr dann ins Haus gehen, so lange, wie man braucht, um Luft zu schöpfen, die Hand an den Topf legen und sie dann wieder zurückziehen. Zweifellos wird Jelchs schreien, wenn die Hand des Missetäters ihm nahe kommt. Wenn aber ein anderer es besser weiß, so laßt ihn seine Weisheit zeigen. Seid ihr bereit?«

»Wir sind bereit«, ertönte die vielstimmige Antwort.

»Dann will ich der Reihe nach die Namen jedes Mannes und jeder Frau aufrufen, bis ihr alle genannt seid.« .

Nun wurde als erster La-lah gerufen, und er ging gleich hinein. Alle spitzten die Ohren, und in der Stille konnten sie seine Fußtritte auf dem Boden knirschen hören. Aber das war auch alles. Jelchs schrie nicht und gab kein Zeichen. Der nächste war Bawn, denn es war ja denkbar, daß ein Mann seine eigenen Decken stahl, um Schande über seine Nachbarn zu bringen. Dann folgten Hooniah und andere Frauen und Kinder, aber ohne Ergebnis.

»Sime!« rief Scundoo.

»Sime!« wiederholte er.

Aber Sime rührte sich nicht.

»Fürchtest du dich vor der Dunkelheit?« fragte La-lah, dessen eigene Unschuld bewiesen war, schroff. Sime kicherte. »Ich lache darüber, denn es ist eine große Torheit. Dennoch will ich hineingehen, nicht, weil ich an Wunder glaube, sondern zum Zeichen, daß ich nicht bange bin.«

Und er ging dreist hinein und kam, immer noch spottend, wieder heraus.

»Eines Tages wirst du ganz plötzlich sterben«, flüsterte La-lah in gerechtem Zorn.

»Ich zweifle nicht daran«, antwortete der Spötter rasch. »Wenige Männer unseres Volkes sterben in ihren Betten; das machen die Schamanen und das tiefe Meer.«

Als sicher die Hälfte der Leute die Probe bestanden hatte, wurde die Spannung in ihrer Heftigkeit qualvoll, eben weil sie zurückgedrängt werden mußte. Als zwei Drittel sie überstanden hatten, brach eine junge Frau, die bald zum erstenmal gebären sollte, zusammen, und ihr Entsetzen machte sich in nervösem Schreien und Lachen Luft.

Endlich kam die Reihe an den letzten von allen, und noch war nichts geschehen. Und Di Ya war der letzte von allen. Sicher, er mußte es sein. Hooniah sandte ein Klagegeschrei zu den Sternen, während die übrigen sich von dem elenden Jungen zurückzogen. Er war halbtot vor Angst, und die Beine gaben unter ihm nach, so daß er auf der Schwelle wankte und fast gefallen wäre. Scundoo stieß ihn hinein und schloß die Tür hinter ihm. Es verging eine lange Zeit, in der man nur das Weinen des Knaben hören konnte. Dann ganz langsam seine knirschenden Schritte in dem entferntesten Winkel, eine Pause, und dann wieder ein Knirschen: er kam zurück. Die Tür öffnete sich, und er trat heraus. Nichts war geschehen, und er war der letzte.

»Zündet das Feuer an«, befahl Scundoo.

Die hellen Flammen schossen empor und zeigten Gesichter, die noch die Spuren der schwindenden Furcht trugen, aber auch von Zweifel verdüstert waren.

»Es ist sicher fehlgeschlagen«, flüsterte Hooniah heiser.

»Ja«, antwortete Bawn selbstzufrieden. »Scundoo wird alt, und wir brauchen einen neuen Schamanen.«

»Wo ist nun Jelchs Weisheit?« lachte Sime La-lah ins Ohr.

La-lah strich sich verblüfft über die Stirn und antwortete nicht.

Sime blies sich übermütig auf und brüstete sich vor dem kleinen Schamanen, »Ho! Ho! Wie ich sagte: es ist nichts dabei herausgekommen!«

»So scheint es, so scheint es«, antwortete Scundoo demütig. »Und das muß denen, die in den Mysterien nicht erfahren sind, sonderbar vorkommen.«

»Wie dir selbst zum Beispiel?« fragte Sime frech.

»Ja, vielleicht gerade wie mir.« Scundoo sprach ganz sanft, aber seine Lider sanken leise immer tiefer, bis seine Augen fast verborgen waren. »Und deshalb denke ich jetzt an eine neue Probe. Laßt jeden Mann, jede Frau und jedes Kind die Hände über den Kopf emporstrecken.«

So unerwartet kam das Gebot und so gebieterisch wurde es ausgesprochen, daß alle ohne Zögern gehorchten. Alle Hände wurden hochgestreckt.

»Blicke nun jeder auf die Hände der andern und seht alle,« gebot Scundoo, »auf daß —«

Aber seine Stimme wurde übertönt von dem zornigen Gelächter. Alle Augen ruhten auf Sime. Jede Hand außer der seinen war schwarz von Ruß, die seine war die einzige, die sich nicht an Hooniahs Topf beschmutzt hatte.

Ein Stein sauste durch die Luft und traf ihn an der Backe.

»Es ist Lüge!« rief er. »Lüge! Ich weiß nichts von Hooniahs Decken!«

Ein zweiter Stein verwundete ihn an der Stirn, ein dritter flog an seinem Kopfe vorbei, das große Blutgeschrei ertönte, und überall suchten die Leute auf dem Boden nach Wurfgeschossen. Er wankte und sank halb zusammen.

»Es war ein Scherz! Nur ein Scherz!« schrie er. »Ich tat es nur zum Spaß!«

»Wo hast du sie versteckt?« Scundoos gellende scharfe Stimme durchschnitt den Lärm wie ein Messer.

»In dem großen Fellpacken, der unter dem Dachbalken in meinem Hause hängt«, lautete die Antwort. »Aber es war nur Scherz, sage ich, nur —«

Scundoo nickte, und es wurde dunkel von fliegenden Steinen. Simes Frau weinte schweigend, den Kopf auf den Knien; aber sein kleiner Knabe warf wie die andern unter

Schreien und Lachen Steine. Hooniah kam mit den kostbaren Decken angewatschelt. Scundoo hielt sie an.

»Wir sind arme Leute und besitzen nur wenig«, jammerte sie. »Sei daher nicht zu hart gegen uns, o Scundoo.«

Das Volk trat von dem schwankenden Steinhaufen zurück, den es errichtet hatte, und sah zu.

»Nein, das ist nie meine Art gewesen, gute Hooniah«, antwortete Scundoo und streckte die Hand nach den Decken aus. »Zum Beweise, daß ich nicht hart bin, will ich mich mit einigen von diesen begnügen.« »Bin ich nicht weise, meine Kinder?« fragte er.

»Wahrlich, du bist weise, o Scundoo!« riefen sie einstimmig.

Und er ging ins Dunkel, die Decken um sich geschlagen und den schläfrig nickenden Jelchs unter dem Arm.

Die Männer des Sonnenlandes

Mandell ist ein unbekanntes Dorf am Gestade des Polarmeeres. Es ist nicht groß, und seine Bewohner sind friedlich, noch friedlicher als die umwohnenden Stämme. Es wohnen in Mandell wenige Männer und viele Frauen; dies ist der Grund für die Ausübung einer gesunden und notwendigen Vielweiberei. Die Frauen setzen mit Eifer Kinder in die Welt, und die Geburt eines Knaben wird mit allgemeinem Jubel begrüßt. Und dann lebt Aab-Waak dort, dessen Kopf stets auf der einen Schulter ruht, als wäre sein Hals einmal müde geworden und hätte sich dann für immer geweigert, seine gewohnte Pflicht zu tun.

Die Ursache zu alledem — Friedlichkeit, Vielweiberei und Aab-Waaks müdem Hals — liegt Jahre zurück, in der Zeit, da der Schoner »Search« in der Mandellbucht vor Anker ging und Tyee, der Häuptling, einen Plan schmiedete, wie der Stamm plötzlich zu Reichtum gelangen solle. Noch heute erinnert sich das Volk in Mandell dessen, was geschah, und erzählt es mit gedämpfter Stimme, dieses Volk, das mit den westlich davon lebenden ›Hungrigen‹ verwandt ist. Die Kinder rücken enger zusammen, wenn die Geschichte erzählt wird, und wundern sich, klug wie sie sind, über die Dummheit derer, die ihre Eltern hätten sein können, wenn sie nicht die Männer des Sonnenlandes herausgefordert und ein bitteres Ende gefunden hätten.

Es begann damit, daß sechs Mann von der ›Search‹ mit schwerer Ausrüstung an Land kamen und sich in Negaahs Igloo einquartierten, als gedächten sie, sich hier häuslich niederzulassen. Sie bezahlten zwar recht gut für die Unterkunft mit Mehl und Zucker, aber Negaah grämte sich sehr, weil Mesahchie, seine Tochter, ihr Schicksal gewählt hatte und Nahrung und Decke mit Bill, dem Anführer der weißen Männer, teilte.

»Sie ist ihren Preis wert«, klagte Negaah der Versammlung um das Beratungsfeuer, als die sechs weißen Männer eingeschlafen waren. »Sie ist ihren Preis wert, denn wir haben mehr Männer als Frauen, und die Männer bieten hoch. Der Jäger

Ounenk bot mir einen neuen Kajak und eine Büchse, die er bei den Hungrigen erstanden hatte. Das wurde mir geboten, und seht, nun ist sie fort, und ich habe nichts bekommen!«

»Ich bot auch auf Mesahchie«, brummte eine Stimme in nicht allzu mißmutigem Tone, und Peelos breites, freundliches Gesicht zeigte sich einen Augenblick im Lichtschein.

»Du auch«, bestätigte Negaah. »Und andere ebenfalls. Warum ist eine solche Unruhe über den Männern des Sonnenlandes?« fragte er recht verdrießlich. »Warum bleiben sie denn nicht zu Hause? Das Schneevolk wandert ja auch nicht ins Sonnenland.«

»Frag' sie lieber, warum sie hergekommen sind«, erklang eine Stimme aus der Dunkelheit, und Aab-Waak drängte sich in die erste Reihe vor.

»Ja! Warum sind sie gekommen?« riefen viele Stimmen, und Aab-Waak gebot mit einer Handbewegung Schweigen.

»Männer graben nicht ohne Grund in der Erde«, begann er. »Ich weiß das noch von den Walleuten, die auch aus dem Sonnenland stammten und ihr Schiff im Eise verloren. Ihr erinnert euch alle der Walleute, die in ihren halb zerstörten Booten zu uns kamen und, als der Frost kam und der Schnee das Land bedeckte, mit Hunden und Schlitten südwärts zogen. Und ihr erinnert euch, wie sie auf den Frost warteten, und wie einer von ihnen in der Erde zu graben begann. Dann gruben zwei und drei und schließlich alle, unter großer Spannung und Unruhe. Was sie aus der Erde gruben, wissen wir nicht, denn sie jagten uns weg, so daß wir es nicht sehen konnten. Später aber, als sie fort waren, sahen wir nach und fanden nichts. Aber es ist viel Erde da, und sie durchwühlten nicht alles.«

»Ja, Aab-Waak, ja!« rief das Volk bewundernd.

»Und daher denke ich,« schloß er, »daß einer der Männer des Sonnenlandes es dem andern erzählt, und daß diese Männer des Sonnenlandes es so erfahren haben und nun hergekommen sind, um in der Erde zu graben.«

»Aber wie kann es sein, daß Bill unsere Sprache spricht?« fragte ein eingeschrumpfter alter kleiner Jäger. »Bill, den unsere Augen nie zuvor gesehen haben?«

»Bill ist zu andern Zeiten im Schneelande gewesen,« antwortete Aab-Waak, »sonst könnte er nicht die Sprache des Bärenvolkes reden, die die gleiche wie die der Hungrigen, also der der Mandeller sehr ähnlich ist. Denn es sind viele Männer aus dem Sonnenlande unter dem Bärenvolke, aber nur wenige unter den Hungrigen und kein einziger unter den Mandellern gewesen, ausgenommen die Walleute und die, die jetzt in Negaahs Igloo schlafen.«

»Ihr Zucker ist sehr gut,« bemerkte Negaah, »und ihr Mehl auch.«

»Sie haben große Reichtümer«, fügte Ounenk hinzu. »Gestern war ich auf ihrem Schiffe und sah ungeheuer sinnreiche Geräte aus Eisen und Messer und Büchsen und Mehl und Zucker und seltsame Nahrungsmittel ohne Ende.«

»So ist es, Brüder!« Tyee erhob sich und jubelte innerlich über das ehrerbietige Schweigen, mit dem das Volk ihn ehrte. »Sie sind sehr reich, diese Männer des Sonnenlandes. Zudem sind sie Toren. Denn seht! Sie kommen hierher zu uns, kühn und blind und ohne an ihren großen Reichtum zu denken. Eben jetzt schnarchen sie, und wir sind zahlreich und unerschrocken.«

»Vielleicht sind sie auch unerschrocken und große Kämpfer«, wandte der eingeschrumpfte kleine alte Jäger ein.

Aber Tyee warf ihm einen Blick zu. »Nein, das scheint mir nicht so. Sie leben im Süden, unter der Bahn der Sonne, und sind weichlich wie ihre Hunde. Erinnert ihr euch der Hunde der Walleute? Unsere Hunde fraßen sie am zweiten Tage, weil sie weichlich waren und nicht zu kämpfen verstanden. Die Sonne ist warm und das Leben bequem in den Sonnenländern, und die Männer sind wie Weiber, und die Weiber wie Kinder.«

Köpfe nickten Beifall, und die Frauen streckten den Hals aus, um zu lauschen.

»Es heißt, sie seien gut gegen ihre Frauen, die nicht viel Arbeit verrichten«, kicherte Likita, ein breithüftiges, gesundes junges Weib, die Tochter Tyees.

»Du möchtest wohl Mesahchies Spuren folgen, wie?« rief er zornig. Dann wandte er sich schnell zu den Männern des

Stammes: »Seht ihr, Brüder, so sind die Männer des Sonnenlandes. Sie blicken auf unsere Frauen und nehmen sie eine nach der andern. Wie Mesahchie ihnen gefolgt ist und Neegah um seinen Preis gebracht hat, so will Likita ihnen folgen, und so wollen sie es alle, und wir sind die Betrogenen. Ich habe mit einem Jäger des Bärenvolkes gesprochen, und ich weiß es. Hier sind einige der Hungrigen unter uns; laßt sie sprechen und sagen, ob meine Worte wahr sind.«

Die sechs Jäger vom Stamme der Hungrigen bezeugten die Wahrheit seiner Worte, und jeder von ihnen erzählte dem neben ihm Sitzenden von den Männern des Sonnenlandes und ihren Sitten. Murren ertönte von den jüngeren Männern, die sich Frauen suchen sollten, und von den älteren, die Töchter zu guten Preisen abzugeben hatten, und ein leises Summen von Wut wurde lauter und deutlicher.

»Sie sind sehr reich und haben sinnreiche Geräte aus Eisen und Messer und zahllose Büchsen«, hetzte Tyee, und sein Traum von plötzlichem Reichwerden begann feste Gestalt anzunehmen.

»Ich werde mir Bills Büchse nehmen«, erklärte Aab-Waak plötzlich.

»Nein, die soll mein sein!« rief Negaah. »Denn der Preis für Mesahchie muß einberechnet werden.«

»Friede! O Brüder!« Tyee beschwichtigte die Versammlung mit einer Handbewegung. »Laßt Frauen und Kinder in ihre Igloos gehen. Dies ist Männerrede; laßt sie nur für Männerohren sein.«

»Es sind Büchsen genug für uns alle«, sagte er, als die Frauen sich widerwillig zurückgezogen hatten. »Ich zweifle nicht, daß es zwei Büchsen für jeden Mann sein werden, gar nicht zu reden vom Mehl, Zucker und von den andern Dingen. Und leicht wird alles auszuführen sein. Die sechs Männer des Sonnenlandes in Negaahs Igloo töten wir heute nacht; wenn sie schlafen. Morgen gehen wir friedlich zum Schiffe, um Handel zu treiben, und wenn die Gelegenheit günstig ist, töten wir dort alle ihre Brüder. Und morgen abend halten wir Schmaus, sind lustig und teilen uns in ihre Reichtümer. Und der Geringste soll mehr haben, als selbst der Reichste zuvor besaß. Ist es weise, was ich gesprochen habe, Brüder?«

Ein leises, beifälliges Gemurmel antwortete ihm, und die Vorbereitungen für den Überfall begannen. Die sechs Hungrigen waren mit Büchsen bewaffnet und reichlich mit Munition versehen, wie es sich für Angehörige eines wohlhabenderen Stammes geziemte. Von den Mandell-Leuten besaßen jedoch nur wenige eine Büchse, und die waren fast alle entzwei. Außerdem herrschte allgemeiner Mangel an Pulver und Patronen. Diese Armut an Kampfwaffen wurde indessen reichlich aufgewogen durch eine Unzahl von Pfeilen und Wurfspeeren mit Knochenspitzen zum Fernkampf und stählernen Messern russischen und amerikanischen Fabrikats für den Nahkampf.

»Macht keinen Lärm,« lauteten die letzten Anweisungen Tyees, »aber es müssen auf jeder Seite des Igloos viele stehen, und zwar so nahe, daß die Männer des Sonnenlandes nicht durchbrechen können. Und dann wirst du, Negaah, mit sechs von den jungen Männern hinter dir, zu ihnen hineinkriechen. Nehmt keine Büchsen mit, denn die gehen meistens los, wenn man es gerade am wenigsten erwartet, sondern legt die Stärke eurer Arme in eure Messer.«

»Und denkt daran, daß Mesahchie nichts geschieht, denn sie ist ihren Preis wert«, flüsterte Negaah heiser.

Flach auf dem Boden liegend, konzentrierte sich das kleine Heer um den Igloo, und hinter den Kriegern kauerten, begeistert und erwartungsvoll, viele Frauen und Kinder, die dem Morde beiwohnen wollten. Die kurze Augustnacht war fast vorbei, und in der grauen Dämmerung konnte man undeutlich die kriechenden Gestalten Negaahs und der jungen Männer unterscheiden. Auf Händen und Knien krochen sie immer weiter, bis sie in dem langen Gange verschwanden, der in die Hütte führte. Tyee stand auf und rieb sich die Hände. Alles ging gut. In dem großen Kreise hob sich erwartungsvoll Kopf auf Kopf. Jeder malte sich die Szene seiner Phantasie entsprechend aus – die schlafenden Männer, die Messerstiche und den plötzlichen Tod in der Finsternis.

Der laute Ruf eines der Männer des Sonnenlandes durchbrach die Stille, und ein Schuß knallte. Und dann erhob sich ein furchtbares Getöse im Igloo. Ohne Überlegung stürzte der ganze Kreis vor und drängte sich um den Eingang. Drinnen begann ein halbes Dutzend Repetiergewehre zu knattern, und die auf einen engen Raum zusammengedrängten Mandeller waren machtlos. Die vordersten kämpften wild, um aus dem Bereich der feuerspeienden Büchsen vor ihnen zu kommen, und von hinten drängte man ebenso wild zum Angriff vorwärts. Die Kugeln der schweren Kaliber gingen durch ein halbes Dutzend Menschen auf einmal, und der Gang, der vollgestopft von kämpfenden, hilflosen Männern war, wurde zu einer Schlachtbank. Die ziellos in die Menge abgefeuerten Büchsen fegten sie hinweg wie ein Maschinengewehr, und gegen diesen ständigen Strom des Todes konnte niemand vorrücken.

»Nie hat es dergleichen gegeben!« stöhnte einer der Hungrigen. »Ich guckte nur hinein, und da lagen die Toten aufgestapelt wie die Robben nach dem Schlagen auf dem Eise!«

»Sagte ich nicht, daß es kampfgeübte Männer seien?« schwatzte der eingeschrumpfte Jäger.

»Das war zu erwarten«, antwortete Aab-Waak keck. »Wir kämpften in einer Falle, die wir uns selbst gestellt hatten.«

»O ihr Toren!« schalt Tyee. »Ihr Söhne von Toren! So war es nicht gemeint. Nur Negaah und die sechs jungen Leute sollten hineingehen. Meine Weisheit ist größer als die der Männer des Sonnenlandes, aber ihr macht sie zuschanden und raubt mir ihre Früchte.« Keiner antwortete, aber alle Augen hefteten sich auf den Igloo, der sich undeutlich und riesig von dem klaren Nordosthimmel abhob. Durch ein Loch im Dache stieg der Pulverrauch in langsamen Spiralen in die unbewegliche Luft empor, und hin und wieder kam ein Verwundeter beschwerlich in das graue Licht herausgekrochen.

»Jeder soll seinen Nebenmann nach Negaah und den sechs jungen Leuten fragen«, befahl Tyee.

Nach einer Weile kam die Antwort: »Negaah und die sechs jungen Leute sind tot.«

»Und viele andere sind auch tot«, jammerte eine Frau im Hintergrunde.

»Um so größerer Reichtum bleibt für die Überlebenden«, tröstete Tyee grimmig. Dann wandte er sich an Aab-Waak und sagte: »Geh und hol' viele mit Tran gefüllte Robbenfelle. Die Jäger sollen sie über die hölzerne Außenseite des Igloos und des Ganges ausgießen. Und dann zünde sie an, ehe die Männer des Sonnenlandes Löcher für ihre Büchsen in den Igloo schlagen können.«

Er hatte noch nicht ausgesprochen, als sich schon ein Loch im Lehm zwischen den Balken zeigte und eine Büchsenmündung herausgesteckt wurde. Einer der Hungrigen griff sich mit der Hand an die Seite und schnellte in die Luft. Noch ein Schuß durchbohrte seine Lunge und brachte ihn zu Fall. Tyee und die andern sprangen beiseite, um aus der Schußlinie zu kommen, und Aab-Waak schalt auf die Männer mit den Tranfellen. Unter Vermeidung der Schießscharten, die sich jetzt auf allen Seiten des Igloos bildeten, entleerten sie die Felle auf das trockene Treibholz, das der Mandellfluß aus den holzreichen Ländern im Süden herabgeführt hatte. Ounenk lief mit einem brennenden Scheit vor, und die Flammen schlugen hoch. Es vergingen viele Minuten, ohne daß etwas geschah, und sie hielten ihre Waffen bereit, während das Feuer um sich griff. Tyee rieb sich vergnügt die Hände, während der trockene Bau brannte und knisterte. »Jetzt haben wir sie in der Falle, Brüder!«

»Und niemand kann mir Bills Büchse streitig machen«, erklärte Aab-Waak.

»Außer Bill selbst«, quiekte der alte Jäger. »Seht, da kommt er!«

In eine angesengte und geschwärzte Decke gehüllt, sprang der große weiße Mann zu dem flammenden Eingang heraus, und dicht hinter ihm kamen Mesahchie und die fünf andern Männer des Sonnenlandes. Die Leute vom Stamme der Hungrigen versuchten den Angriff mit einer schlecht gezielten Salve abzuwehren, während die Mandell-Leute einen Schauer von Speeren und Pfeilen schleuderten. Aber die Männer des Sonnenlandes warfen im Laufen ihre brennenden

Decken ab, und man sah, daß jeder von ihnen auf der Schulter ein Päckchen Munition trug. Das war das einzige, was sie von ihren Besitztümern gerettet hatten. In schnellem, wohlüberlegtem Laufe durchbrachen sie den Kreis und stürzten gerade auf die große Klippe los, die sich eine halbe Meile hinter dem Dorfe schwarz in den klaren lag erhob.

Aber Tyee ließ sich auf das Knie nieder und zielte mit seiner Büchse auf den letzten der Männer des Sonnenlandes.

Ein lauter Schrei ertönte, als er abdrückte. Der Mann fiel vornüber, kam wieder halb auf die Beine, fiel aber wieder. Ohne sich um den Pfeilregen zu kümmern, kehrte ein anderer Mann des Sonnenlandes um, beugte sich über ihn und hob ihn auf die Schulter. Aber die mit Speeren bewaffneten Mandeller näherten sich ihm, und ein kräftig geschleuderter Spieß durchbohrte den Verwundeten. Er schrie laut und erschlaffte schnell, während sein Kamerad ihn zu Boden sinken ließ. Unterdessen hatten Bill und die drei andern haltgemacht und schickten nun den vorrückenden Speerschleuderern einen Schauer von Blei entgegen. Der fünfte Mann des Sonnenlandes beugte sich über seinen getroffenen Kameraden, fühlte sein Herz, schnitt dann kaltblütig das Päckchen ab und erhob sich mit der Munition und den beiden Büchsen in der Hand.

»Nun, ist er nicht ein Narr?« rief Tyee und machte im Vorwärtsstürmen einen Luftsprung, um nicht auf den krampfhaft zitternden Körper eines Mannes vom Stamme der Hungrigen zu treten.

Seine eigene Büchse war in Unordnung geraten, so daß er sie nicht gebrauchen konnte, und er rief, daß irgend jemand mit dem Speer nach dem Manne des Sonnenlandes werfen solle, der kehrtgemacht hatte, um Deckung hinter dem schützenden Feuer zu suchen. Der alte kleine Jäger wiegte seinen Speer auf dem Wurfholz, schwang im Laufen den Arm zurück und schleuderte die Waffe.

»Beim Körper des Wolfs, sage ich, das war ein guter Wurf!« lobte Tyee, als der Fliehende vornüberstürzte, so daß der Speer, aufrecht zwischen seinen Schultern haftend, langsam hin und her schwankte. Der eingeschrumpfte kleine Mann hustete und setzte sich nieder. Ein roter Streifen zeigte sich auf seinen Lippen, dann wälzte sich ein dicker Strom hervor. Er hustete wieder, und ein seltsam pfeifender Ton begleitete seine Atemzüge.

»Sie fürchten sich auch nicht, sie sind große Kämpfer«, pfiff er und tastete unsicher mit den Händen in die Luft. »Und seht! Jetzt kommt Bill!« Tyee sah auf. Viele Mandeller und einer der Hungrigen hatten sich über den Gefallenen, der sich auf die Knie erhoben hatte, gestürzt und ihn mit ihren Speeren durchbohrt, so daß er wieder zurücksank. In einer Sekunde sah Tyee vier von ihnen unter den Kugeln der Männer des Sonnenlandes fallen. Der fünfte, der noch unverwundet war, ergriff die beiden Büchsen; als er sich aber erhob, um zu fliehen, wurde er durch den Schlag einer Kugel, die ihn am Arme traf, beinahe herumgewirbelt, von einem zweiten zum Stehen gebracht und von einem dritten zu Boden geworfen. Im nächsten Augenblick war Bill da, um die Päckchen abzuschneiden und die Büchsen zu holen.

Dies sah Tyee, und er sah seine eigenen Leute fallen, als sie in zerstreuter Ordnung vorrückten, und plötzlich spürte er Zweifel und beschloß, liegenzubleiben, wo er war, um mehr zu sehen. Aus irgendeinem unbegreiflichen Grunde lief Mesahchie zu Bill zurück; aber ehe sie ihn erreicht hatte, sah Tyee, wie Peelo vorsprang und sie mit seinen Armen umschlang. Er versuchte, sie über seine Schulter zu werfen, aber sie klammerte sich an ihn und zerriß und zerkratzte ihm das Gesicht. Dann stellte sie ihm ein Bein, und beide fielen schwer zu Boden. Als sie wieder auf die Füße kamen, hatte Peelo den Griff gewechselt, so daß sein Arm unter ihrem Kinn lag und sein Handgelenk auf ihre Kehle drückte und sie würgte. Er begrub das Gesicht an ihrer Brust, fing die Schläge ihrer beiden Hände mit seinem dicken, verfilzten Haar auf und begann sie langsam vom Kampfplatz wegzuschleppen. Aber in diesem Augenblick prallten sie gegen Bill, der mit den Waffen seiner gefallenen Kameraden zurückkam. Als Mesahchie ihn sah, wirbelte sie ihr Opfer herum und hielt es fest. Bill schwang die Büchse in der Rechten und schlug zu, fast ohne stehenzubleiben. Tyee sah Peelo wie vom Blitz getroffen zu Boden sinken und den Mann des Sonnenlandes mit Negaahs Tochter fliehen.

Eine Gruppe Mandeller machte unter Führung eines vom Stamme der Hungrigen einen nutzlosen Sturmangriff, der unter dem prasselnden Feuer zusammenbrach.

Tyee schnappte nach Luft und murmelte: »Wie Reif in der Morgensonne.«

»Ich sagte es ja, sie sind große Kämpfer«, flüsterte der alte Jäger matt, vom Blutverlust sehr geschwächt. »Ich weiß es. Ich habe es gehört. Sie sind Seeräuber und Robbenjäger, sie schießen schnell und sicher, denn das ist ihr Leben und ihre Arbeit.«

»Wie Reif in der Morgensonne«, wiederholte Tyee, indem er sich zusammenkauerte und hinter dem sterbenden Manne Deckung suchte, um nur hin und wieder hervorzulugen.

Man konnte es nicht länger einen Kampf nennen, denn kein Mandeller wagte sich vor, und anderseits waren sie den Männern des Sonnenlandes zu nahe gekommen, um wieder zurück zu können. Drei versuchten es, indem sie verstreut wie Kaninchen liefen; aber der eine fiel mit gebrochenem Bein, der zweite erhielt eine Kugel durch den Leib, und der dritte, der sich drehte und schlängelte, fiel am Rande des Dorfes. Der Stamm kauerte sich daher in Löchern zusammen und wühlte sich auf freiem Felde in den Staub ein, während die Kugeln der Männer des Sonnenlandes über die Ebene dahinfuhren.

»Beweg' dich nicht«, bat Tyee, als Aab-Waak am Boden zu ihm hinkroch. »Beweg' dich nicht, guter Aab-Waak, oder du bringst den Tod über uns.«

»Der Tod hat viele von uns geholt,« lachte Aab-Waak, »daher wird es, wie du sagst, großen Reichtum zwischen uns zu teilen geben. Mein Vater liegt hinter dem großen Felsen dort und atmet kurz und schnell, und neben ihm liegt mein Bruder, als hätte man einen Knoten in ihn geschlagen. Aber ihr Teil soll mein Teil werden, und das ist gut.«

»Wie du sagst, guter Aab-Waak, und wie ich gesagt habe; aber ehe wir teilen können, müssen wir etwas zu teilen haben, und die Männer des Sonnenlandes sind noch nicht tot.«

Eine Kugel prallte von einem Felsblock vor ihnen ab und flog mit gellendem Pfeifen in ihrem zweiten Fluge tief über ihren Häuptern dahin. Tyee duckte sich und schauderte, aber Aab-Waak grinste und versuchte ihr vergebens mit den Augen zu folgen. »So schnell fliegen sie, daß man sie nicht einmal sehen kann«, bemerkte er.

»Aber viele von uns sind tot«, fuhr Tyee fort.

»Und viele sind noch übrig«, lautete die Antwort. »Und sie pressen sich dicht an die Erde, denn sie haben gelernt, wie man kämpfen muß. Dazu sind sie zornig geworden. Und wenn wir die Männer des Sonnenlandes auf dem Schiffe getötet haben, so sind nur noch vier hier auf dem Lande übrig. Es dauert vielleicht lange, bis wir sie getötet haben, aber schließlich wird es doch geschehen.«

»Wie können wir zum Schiff gelangen, wenn wir nicht hier und nicht dort gehen können?« fragte Tyee.

»Es ist eine schlechte Stelle, wo Bill und seine Brüder liegen«, erklärte Aab-Waak. »Wir können von allen Seiten über sie herfallen, und das ist nicht gut. Daher suchen sie, die Klippe in den Rücken zu bekommen, um dort zu warten, bis ihre Brüder vom Schiff ihnen zu Hilfe kommen.«

»Nie sollen sie vom Schiff kommen, ihre Brüder! Ich habe es gesagt.«

Tyee schöpfte wieder Mut, und als die Männer des Sonnenlandes die Prophezeiung erfüllten und sich nach der Klippe zurückzogen, war ihm so leicht ums Herz wie nur je.

»Es sind nur noch drei von uns übrig!« klagte einer vom Stamme der Hungrigen, als man sich zur Beratung versammelte.

»Dafür soll statt zwei Büchsen jeder vier haben«, lautete Tyees Erwiderung.

»Wir haben gut gekämpft.«

»Ja, und sollte es sein, daß nur zwei von euch übrigbleiben, so würdet ihr sechs Büchsen jeder bekommen. Darum kämpft gut.«

»Und wenn keiner von ihnen übrigbleibt?« flüsterte Aab-Waak schlau.

»Dann bekommen wir die Büchsen, du und ich«, antwortete Tyee ebenfalls flüsternd.

Um aber die Männer vom Hungrigen Volke günstig zu stimmen, machte er einen von ihnen zum Führer des Zuges gegen das Schiff. Diese Abteilung umfaßte volle zwei Drittel des Stammes und ging in einer Entfernung von einem Dutzend Meilen, mit Fellen und andern Handelswaren beladen, an die Küste. Die Zurückgebliebenen bildeten einen weiten Halbkreis um die Brustwehr, die Bill und seine Männer des Sonnenlandes aufzuwerfen begonnen hatten. Tyee war sich schnell über den Nutzen einer Sache klar, und er ließ sofort seine Leute kleine Schützengräben auswerfen.

»Die Zeit wird vergehen, ehe sie es gewahr werden,« sagte er zu Aab-Waak, »und wenn sie beschäftigt sind, werden sie nicht so sehr an die Gefallenen oder an ihre eigenen Beschwerden denken. Und im Dunkel der Nacht können wir uns weiter vorschieben, so daß die Männer des Sonnenlandes, wenn sie im Morgenrot Ausschau nach uns halten, uns ganz nahe finden werden.«

In der Mittagshitze machten die Männer eine Arbeitspause und nahmen eine Mahlzeit von Stockfisch und Robbentran ein, die ihnen von den Frauen gebracht wurde. Einige riefen nach den Nahrungsmitteln, die die Männer des Sonnenlandes in Negaahs Igloo hatten, aber Tyee weigerte sich, sie auszuteilen, ehe die, welche das Schiff angreifen sollten, zurückgekehrt waren. Es wurde hin und her über den Ausfall geredet, aber auf einmal ertönte ein dumpfes Dröhnen vom Meere her über das Land. Wer gute Augen hatte, sah eine dichte Rauchwolke, die sich schnell auflöste und die ihrer Behauptung nach gerade über dem Schiff der Männer des Sonnenlandes schwebte. Tyee meinte, es müsse ein Kanonenschuß sein. Aab-Waak wußte es nicht, dachte aber, daß es irgendein Signal sein müsse. Auf jeden Fall, sagte er, sei es Zeit, daß etwas geschehe.

Fünf bis sechs Stunden später erblickte man einen Mann, der allein über die breite Ebene vom Meere heraufkam, und Frauen und Kinder strömten ihm in einer großen Schar entgegen. Es war Ounenk, nackt, atemlos und verwundet. Das

Blut rann ihm noch aus einer Schramme an der Stirn über das Gesicht herab. Sein linker Arm hing furchtbar verstümmelt und hilflos an seiner Seite. Aber am merkwürdigsten von allem war ein wildes Licht in seinen Augen, das die Frauen nicht verstanden.

»Wo ist Peshack?« fragte eine alte Squaw.

»Und Olitlie?« »Und Polak?« »Und Mah-Kuk?« stimmten andre ein.

Aber er sagte nichts, sondern drängte sich nur durch die lärmende Menge und wankte auf Tyee zu. Die alte Squaw erhob das Trauergeheul, und die Frauen stimmten eine nach der andern mit ein, während sie sich hinten anschlossen. Die Männer krochen aus ihren Schützengräben und liefen zurück, um sich um Tyee zu scharen, und man bemerkte, wie die Männer des Sonnenlandes auf ihre Barrikade kletterten, um sehen zu können.

Ounenk machte halt, wischte sich das Blut aus den Augen und blickte sich um. Er versuchte zusprechen, aber seine trockenen Lippen klebten aufeinander. Liketa brachte ihm Wasser, und er grunzte und trank wieder.

»War es ein Kampf?« fragte Tyee schließlich. »Ein guter Kampf?«

»Ho! ho! ho!« So plötzlich und wild lachte Ounenk, daß alle schwiegen. »Nie hat es einen solchen Kampf gegeben! Das sage ich, ich, Ounenk, der ich so manchen Kampf mit Tieren und Menschen ausgefochten habe. Und ehe ich es vergesse, laßt mich große und weise Worte sprechen. Die Männer des Sonnenlandes kämpfen gut und lehren uns Mandeller kämpfen. Und wenn wir lange genug kämpfen, werden wir große Kämpfer wie die Männer des Sonnenlandes, oder — wir sind tot. Ho! ho! ho! Das war ein Kampf!«

»Wo sind deine Brüder?« Tyee schüttelte ihn, daß der Verwundete vor Schmerz schrie.

Ounenk wurde ruhiger. »Meine Brüder? Sie sind nicht mehr.«

»Und Pome-Lee?« rief einer der Hungrigen. »Pome-Lee, der Sohn meiner Mutter?«

»Pome-Lee ist nicht mehr«, sagte Ounenk eintönig.

»Und die Männer des Sonnenlandes?« fragte Aab-Waak.

»Die Männer des Sonnenlandes sind nicht mehr.«

»Aber das Schiff der Männer des Sonnenlandes, und ihr Reichtum, ihre Büchsen und andern Dinge?« fragte Tyee.

»Weder das Schiff der Männer des Sonnenlandes noch ihr Reichtum oder ihre andern Dinge, nichts ist mehr. Nichts. Ich bin allein.«

»Und du bist ein Narr.«

»Das kann sein«, antwortete Ounenk unbewegt. »Ich habe gesehen, was mich wohl zu einem Narren machen konnte.«

Tyee schwieg, und alle warteten, bis es Ounenk gefiele, seine Geschichte zu erzählen.

»Wir nahmen keine Büchsen mit, o Tyee,« begann er endlich, »keine Büchsen, meine Brüder – nur Messer und Jagdbogen und Speere. Und zu je zweien und dreien kamen wir in unsern Kajaks zum Schiffe. Sie freuten sich, als sie uns sahen, die Männer des Sonnenlandes, wir breiteten unsere Felle aus, sie holten ihre Handelswaren, und alles ging gut. Und Pome-Lee wartete – wartete, bis die Sonne hoch am Himmel stand und sie sich zum Essen gesetzt hatten. Da stieß er den Schrei aus, und wir fielen über sie her. Nie hat es einen solchen Kampf gegeben und nie solche Kämpfer. Die Hälfte erschlugen wir im ersten Augenblick, aber die Hälfte, die übrigblieb, wurde zu Teufeln, und sie vervielfältigten sich und kämpften überall wie die Teufel. Sie stellten sich mit dem Rücken gegen den Mastbaum, und wir umgaben sie mit einem Kreis unserer Toten, ehe sie selbst starben. Und einige nahmen zwei Büchsen und schossen, indem sie beide Augen offen hielten, und sie schossen sehr schnell und sicher. Und einer nahm eine große Büchse, aus der er eine Menge kleiner Kugeln auf einmal schoß. Seht her!« Ounenk zeigte auf sein Ohr, das sauber von einem Rehposten durchbohrt war.

»Aber ich, Ounenk, durchstieß ihn von hinten mit meinem Speere. Und so töteten wir sie alle irgendwie – alle außer dem Häuptling. Und ihn umringten wir, viele von uns, und er war allein, aber da stieß er einen lauten Schrei aus, brach durch und lief in das Innere des Schiffes, während fünf oder sechs von uns sich an ihn hingen. Und da, als der Reichtum des Schiffes unser und nur der Häuptling, den wir auch bald töten mußten, noch unten war, ja, da ertönte ein Krachen wie von allen Büchsen der Welt – ein mächtiges Krachen! Und wie ein Vogel flog ich in die Luft, und das lebende Mandellervolk und die toten Männer des Sonnenlandes, die kleinen Kajaks, das große Schiff, die Büchsen, der Reichtum – alles flog in die Luft. Darum sage ich, Ounenk, der diese Geschichte erzählt, daß ich der einzige bin, der übrigblieb.«

Tiefes Schweigen senkte sich auf die Versammlung, Tyee blickte Aab-Waak mit entsetzten Augen an, sagte aber nichts. Selbst die Frauen waren zu erstaunt, um über die Toten zu jammern.

Ounenk sah sich stolz um. »Ich bin der einzige, der übrigblieb«, wiederholte er.

Aber in diesem Augenblick knallte eine Büchse von Bills Barrikade, und es klatschte scharf gegen Ounenks Brust. Er schwankte hintenüber und richtete sich mit einem Ausdruck von Verblüffung wieder auf. Er schnappte nach Luft, und seine Lippen verzogen sich zu einem grimmigen Lächeln. Seine Schultern fielen zusammen, und seine Knie knickten ein. Er schüttelte sich wie ein Mann, der im Begriff ist, einzuschlafen, und raffte sich wieder auf. Aber das Zusammenfallen und Einknicken begann wieder, und er sank langsam, ganz langsam zu Boden.

Es war eine ganze Meile bis zum Graben der Männer des Sonnenlandes, aber der Tod hatte den Abstand überbrückt. Ein mächtiges Wutgeschrei erhob sich, in dem viel Rachgier und gedankenlose tierische Wildheit lag. Tyee und Aab-Waak versuchten, das Mandellvolk zurückzuhalten, wurden aber beiseitegestoßen und konnten nichts, als sich umdrehen und dem wahnsinnigen Ansturm zusehen. Aber es fiel kein Schuß von den Männern des Sonnenlandes, und ehe die Hälfte der Strecke zurückgelegt war, wurden viele durch die geheimnisvolle Stille erschreckt, machten halt und warteten. Die wilderen Geister stürmten weiter, sie hatten wieder die Hälfte des übriggebliebenen Abstandes zurückgelegt, und immer noch gab der Graben kein Lebenszeichen von sich. In einer Entfernung von zweihundert Ellen verlangsamten sie den Lauf und sammelten sich; bei hundert Ellen blieben sie, an zwanzig Mann, mißtrauisch stehen und berieten sich. Da wurde die Barrikade von einer Rauchwolke gekrönt, und sie zerstreuten sich wie eine Handvoll kleiner Steine, die aufs Geratewohl hingeworfen werden. Vier fielen und noch vier, und sie fielen weiter schnell, immer einer oder zwei zugleich, bis nur einer übrig war, und der jagte in voller Flucht zurück, während der Tod ihm um die Ohren pfiff. Es war Nok, ein junger Jäger, langbeinig und hochgewachsen, und er lief, wie er nie zuvor gelaufen war. Er fuhr über die nackte Ebene wie ein Vogel, schwang sich auf und segelte und sprang von einer Seite auf die andre. Die Büchsen im Graben donnerten in einer mächtigen Salve; sie knallten durcheinander; aber immer noch schwang Nok sich auf, tauchte nieder und schwang sich immer wieder unbeschädigt auf. Das Schießen ließ nach, als hätten die Männer des Sonnenlandes es aufgegeben, ihn zu treffen, und Nok zickzackte immer weniger in seinem Fluge, bis er bei jedem Sprunge geradeaus flog. Und wie er schnell und geradeaus so sprang, kläffte eine einzelne Büchse aus dem Graben, und Nok ballte sich mitten in der Luft zusammen und kam als ein Klumpen auf die Erde, flog durch den Aufprall wieder hoch und landete als ein zerschmettertes Häufchen.

»Wer ist so schnell wie das schnellbeschwingte Blei?« grübelte Aab-Waak.

Tyee brummte und wandte sich ab. Der Fall war erledigt, und es gab Wichtigeres zu denken. Ein Mann vom Stamme der Hungrigen und vierzig von seinen eigenen Kriegern, darunter einige Verwundete, waren noch übrig, und man hatte noch mit vier Männern des Sonnenlandes zu rechnen.

»Wir halten sie in ihrem Loch an der Klippe fest,« sagte er, »und wenn der Hunger sie gepackt hat, so töten wir sie, als ob es Kinder wären.«

»Aber warum kämpfen?« fragte Oloof, einer der jüngeren Männer. »Der Reichtum der Männer des Sonnenlandes ist nicht mehr; es ist nur übrig, was sich in Negaahs Igloo befindet, ein elender Rest —« Er brach hastig ab, denn eine Kugel pfiff scharf an seinem Ohr vorbei.

Tyee lachte höhnisch. »Nimm das als Antwort. Was könnten wir sonst tun mit diesen wahnsinnigen Menschen des Sonnenlandes, die nicht sterben wollen?«

»Welche Torheit!« protestierte Oloof, während er im stillen die Ohren spitzte, ob nicht eine neue Kugel käme. »Es ist nicht recht, daß sie so kämpfen, diese Männer des Sonnenlandes. Warum wollen sie nicht einen leichten Tod sterben? Sie sind Toren, daß sie nicht wissen, daß sie doch des Todes sind, und uns so viel Mühe machen.«

»Zuerst kämpften wir, um großen Reichtum zu gewinnen, jetzt tun wir es, um unser Leben zu retten«, faßte Aab-Waak in Kürze die Lage zusammen.

Nachts ertönte Lärm in den Gräben, und Schüsse wurden gewechselt. Und am Morgen fand man Negaahs Igloo von den Besitztümern der Männer des Sonnenlandes geräumt. Sie hatten sie selbst geholt, wie ihre Fährten zeigten, als die Sonne aufging. Oloof kroch auf den Rand der Klippe, um große Steine in den Graben hinabzuschleudern, aber die Klippe hing über, und so schleuderte er statt dessen Scheltworte und Beleidigungen hinunter und versprach ihnen bittere Foltern, wenn das Ende gekommen sei. Bill schickte ihm Hohnworte in der Sprache des Bärenvolkes zurück, und Tyee, der den Kopf aus dem Graben hervorstreckte, um zuzusehen, erhielt einen tiefen Streifschuß an der Schulter.

Und in den traurigen Tagen, die jetzt folgten, und den wilden Nächten, in denen sie die Gräben näher an den Feind heranführten, wurde viel davon gesprochen, ob es nicht klug sei, die Männer des Sonnenlandes entwischen zu lassen. Aber davor fürchteten sie sich, und die Frauen erhoben stets ein Geschrei bei dem Gedanken. Sie hatten viel von den Männern des Sonnenlandes gesehen und hatten keine Lust, noch mehr zu sehen. Die ganze Zeit hindurch war die Luft von dem Pfeifen und Klatschen der Kugeln erfüllt, und die ganze Zeit hindurch wuchs die Verlustliste. Im goldenen Morgengrauen ertönte der schwache, ferne Knall einer Büchse, und eine Frau streckte getroffen am fernen Rande des Dorfes die Hände hoch; in der Mittagshitze hörten die Männer in den Gräben das gellende Pfeifen und wußten, daß ihr Tod geflogen kam, und im grauen Abendschein spritzte der Staub in kleinen Wölkchen bei dem schwachen Feuer auf. Und durch die Nächte klang das langgezogene, jammernde »Wah-hoo-ha-a, wa-hoo-ha-a!« der trauernden Frauen.

Wie Tyee vorausgesagt hatte, kam es schließlich soweit, daß der Hunger die Männer des Sonnenlandes packte. Und während eines zeitigen Herbststurmes kroch einer von ihnen in der Dunkelheit in die Gräben und stahl eine Menge Stockfische. Aber er konnte nicht wieder zurückkommen, und die Sonne fand ihn, wie er sich vergebens im Dorfe zu verstecken suchte. So kämpfte er denn den großen Kampf ganz allein in einem engen Kreis des Mandellvolkes, erschoß vier mit seinem Revolver, und ehe sie ihn ergreifen und foltern konnten, kehrte er die Waffe gegen sich selber und starb.

Das warf Schwermut über das Volk. Oloof stellte die Frage: »Wenn nur ein Mann sich so kühn verteidigt, ehe er stirbt, was werden dann die drei tun, die noch übrig sind?«

Dann stellte Mesahchie sich auf die Barrikade und rief die Namen dreier Hunde, die in die Nähe gekommen waren. Das war Fleisch und Leben – und das schob den Tag der Abrechnung hinaus und goß Verzweiflung in die Herzen des Mandellvolkes. Und die Flüche eines ganzen Geschlechtes wurden über Mesahchies Haupt ausgeschüttet.

Die Tage schleppten sich hin. Die Sonne eilte gen Süden, die Nächte wurden immer länger, und es kam ein Hauch von Frost in die Luft. Und immer noch hielten die Männer des Sonnenlandes ihren Graben. Unter diesem endlosen Druck sank der Mut, und Tyee grübelte tief und ernsthaft. Dann erließ er die Botschaft, daß alle Felle und Häute im ganzen Stamme gesammelt werden sollten. Die ließ er zu großen Rollen wickeln und legte hinter jede Rolle einen Mann.

Als der Befehl gegeben wurde, war der kurze Tag beinahe verstrichen, und es war eine langwierige Arbeit, die großen Ballen Fuß für Fuß vorwärts zu rollen. Die Kugeln der Männer des Sonnenlandes klatschten und schlugen in sie, ohne sie zu durchdringen, und die Männer heulten vor Begeisterung. Aber die Dunkelheit brach herein, und Tyee, der jetzt seines

Erfolges sicher war, ließ die Ballen in die Gräben zurückholen.

Am nächsten Morgen begann das Vorrücken im Ernst, während im Graben der Männer des Sonnenlandes ein unheimliches Schweigen herrschte. Anfangs rückten die Ballen sich langsam mit weiten Zwischenräumen näher, während der Kreis sich verengerte. In einer Entfernung von hundert Ellen waren sie einander ganz nahe gekommen, so daß Tyees Befehl, anzuhalten, flüsternd von einem Flügel zum andern lief. Der Graben gab kein Lebenszeichen von sich. Sie warteten lange und gespannt, aber nichts regte sich. Das Vorrücken begann wieder, und das Manöver wiederholte sich in einem Abstand von fünfzig Ellen. Immer noch kein Zeichen, kein Laut. Tyee schüttelte den Kopf, und selbst Aab-Waak hegte Zweifel. Aber wieder wurde Befehl zum Vorrücken gegeben, und sie rückten vor, bis Ballen neben Ballen lag und eine feste Schanze aus Fellen und Häuten sich von der Klippe rings um den Graben wieder bis zur Klippe erstreckte. Tyee blickte sich um und sah, wie Frauen und Kinder sich wie dunkle Schatten in den verlassenen Gräben scharten. Er sah vorwärts nach dem schweigenden Graben. Die Männer bewegten sich nervös, und er ließ einen um den andern Ballen vorrücken. Diese neue Linie bewegte sich vorwärts, bis wieder wie zuvor Ballen an Ballen stieß. Dann schob Aab-Waak aus eigenem Antriebe einen Ballen allein vor. Als er gegen die Barrikade stieß, wartete er lange. Dann warf er Steine in den Graben hinüber, bekam aber keine Antwort, und schließlich erhob er sich mit großer Vorsicht und guckte hinunter. Ein Teppich von leeren Patronenhülsen, einige reingenagte Hundeknochen und eine sumpfige Stelle, wo das Wasser aus einer Felsspalte herabträufelte, begegneten seinem Blick. Das war alles. Die Männer des Sonnenlandes waren fort.

Ein Murmeln von Hexerei und unbestimmte Klagen ertönten, und düstere Blicke wurden gewechselt, die Tyee unheimliche Dinge prophezeiten, die noch geschehen konnten, und er atmete erleichtert auf, als Aab-Waak den Spuren am Fuße der Klippe folgte.

»Die Höhle!« rief Tyee. »Sie sahen meine Weisheit mit den Fellballen voraus und flohen in die Höhle!«

Die Klippe war von einem Labyrinth unterirdischer Gänge durchbohrt, die in der Mitte, wo der Graben gegen die Felswand stieß, zusammenliefen. Dorthin folgten die Männer des Stammes Aab-Waak unter vielen Ausrufen, und als sie die Stelle erreichten, konnten sie deutlich sehen, daß die Männer des Sonnenlandes in die einige zwanzig Fuß hohe Mündung geklettert waren.

»Jetzt ist es geschehen«, sagte Tyee und rieb sich die Hände. »Jetzt gebiete ich, daß alle sich freuen sollen, denn jetzt sind sie in der Falle, diese Männer des Sonnenlandes – in der Falle. Die jungen Leute sollen hinaufklettern und den Eingang der Höhle mit Steinen füllen, so daß Bill und seine Brüder und Mesahchie vom Hunger gequält werden, bis sie zu Schatten werden und unter Fluchen in Stille und Finsternis sterben.«

Rufe, die Jubel und Erleichterung ausdrückten, begrüßten diese Worte, und Howgah, der letzte vom Stamme der Hungrigen, kletterte den steilen Hang hinauf und kauerte sich am Rande der Öffnung zusammen. Aber im selben Augenblick ertönte ein scharfer Knall, dann noch einer, während er sich verzweifelt an die glatten Felsrand klammerte. Mit widerstrebender Schwäche ließ er los und stürzte zu Tyees Füßen nieder, zitterte einen Augenblick wie ein riesiger Gallertklumpen und lag dann still da.

»Wie konnte ich wissen, daß sie so große Kämpfer seien und sich nicht fürchteten?« fragte Tyee unter dem Drange, sich zu verteidigen, bei der Erinnerung an die düsteren Blicke und die unbestimmten Klagen.

»Wir waren viele und glücklich«, erklärte einer der Männer geradezu. Ein anderer ließ die lüsternen Finger mit seinem Speere spielen.

Aber Oloof gebot ihnen Schweigen. »Hört, meine Brüder! Es gibt einen andern Weg! Als Knabe fand ich ihn zufällig eines Tages, als ich oben auf dem Hange spielte. Er ist von den Felsen verborgen, und niemand kommt dorthin; daher ist er ein Geheimnis, und kein Mensch kennt ihn. Er ist sehr schmal, man kriecht ein weites Stück auf dem Bauche, und dann ist man in der Höhle. Heute nacht wollen wir geräuschlos hineinkriechen und die Männer des Sonnenlandes von hinten überraschen. Und morgen wird Friede sein, und nie wieder werden wir in den kommenden Jahren mit Männern des Sonnenlandes kämpfen.«

»Nie mehr!« tönte es im Chor von den müden Männern. »Nie mehr!« Und Tyee stimmte mit ein. Am Abend sammelte sich die Schar von Frauen und Kindern um den bekannten Eingang der Höhle, die Erinnerung an ihre Toten im Herzen und Steine, Speere und Messer in den Händen. Die mehr als zwanzig Fuß zur Erde konnte keiner der Männer des Sonnenlandes hoffen, lebend hinunterzugelangen. Im Dorfe blieben nur die Verwundeten zurück, während alle gesunden und beweglichen Männer – es waren noch dreißig – Oloof nach dem heimlichen Zugang folgten. Es waren hundert Fuß unwegsame Felsen und unsicher aufgehäufte Steine zwischen ihnen und der Erde, und aus Furcht, die Steine durch Hand oder Fuß in Unordnung zu bringen, kroch immer nur ein Mann auf einmal in den Gang. Oloof, der zuerst kam, rief leise den nächsten, daß er kommen solle, und verschwand drinnen. Ein Mann folgte, noch einer, ein dritter, und so fort, bis nur Tyee übrig war. Er hörte das Rufen des letzten Mannes, wurde aber von einem plötzlichen Zweifel gepackt und blieb zurück, um nachzudenken. Eine halbe Stunde später schwang er sich zur Öffnung empor und guckte hinein. Er konnte fühlen, wie eng der Gang war, und die Dunkelheit vor ihm wirkte gleichsam massiv. Die Furcht vor dem Raum zwischen den Erdwänden ließ ihn erstarren, und er konnte sich nicht hineinwagen. Alle Toten, von Negaah, dem ersten der Mandeller, bis zu Hawgah, dem letzten der Hungrigen, setzten sich zu ihm. Aber er zog das Unheimliche ihrer Gesellschaft dem Entsetzen vor, das er in dem dichten Dunkel lauern spürte. Er hatte lange dort gesessen, als etwas Weiches und Kaltes leise gegen seine Wange flatterte, und er wußte, daß es der erste Winterschnee war, der fiel. Dann kam die schwache Morgendämmerung und hierauf der klare Tag, und dann hörte er einen leisen Kehllaut, ein Schluchzen, das näher kam und deutlicher wurde. Er ließ sich über den Rand gleiten, setzte die Füße auf den ersten Felsvorsprung und wartete.

Das Schluchzen kam langsam näher, aber endlich, nach manchem Stocken, war es da, und er war sicher, daß es von keinem Manne des Sonnenlandes ausgehen konnte. Daher streckte er die Hand dem Laut entgegen, aber wo ein Kopf hätte sein sollen, fühlte er die Schulter eines Mannes, der sich auf die Ellenbogen stützte. Den Kopf fand er hinterher, nicht aufrecht, sondern herabhängend, so daß der Scheitel auf dem Boden des Ganges ruhte.

»Bist du es, Tyee?« fragte der Kopf. »Denn ich bin es, Aab-Waak, hilflos und geknickt wie ein schlecht geworfener Speer. Mein Kopf liegt im Schmutze, und ich kann nicht ohne Hilfe hinunterklettern.« Tyee kroch hinein und lehnte ihn mit dem Rücken gegen die Wand, aber der Kopf hing auf die Brust herab und schluchzte und jammerte.

»Ai-oo-o, ai-oo-o!« kam es. »Oloof hatte vergessen, daß Mesahchie auch das Geheimnis kannte, und sie hat es den Männern des Sonnenlandes verraten, sonst hätten sie nicht am andern Ende des Ganges gewartet. Und darum bin ich ein geknickter Mann und hilflos – ai-oo-o, ai-oo-o!«

»Und starben sie, die verfluchten Männer des Sonnenlandes, am andern Ende des Ganges?« fragte Tyee.

»Wie konnte ich wissen, daß sie warteten?« gurgelte Aab-Waak. »Denn meine Brüder waren vorausgegangen, viele von ihnen, und es war nichts von einem Kampf zu hören. Wie konnte ich wissen, warum es keinen Kampflärm gab? Und ehe ich es wußte, legten sich zwei Hände um meinen Hals, so daß ich nicht rufen und meine Brüder warnen konnte, die hinter mir kamen. Und dann legten sich noch zwei Hände um meinen Kopf und zwei um meine Füße. Auf diese Weise hielten die Männer des Sonnenlandes mich. Und während die Hände meinen Kopf festhielten, drehten die Hände um meine Füße meinen Körper herum, und der Hals wurde mir umgedreht, wie wir einer Wildente den Hals umdrehen.

»Aber es war nicht bestimmt, daß ich sterben sollte«, fuhr er mit einem schwachen Funken von Stolz fort. »Ich bin der einzige, der übrigblieb. Oloof und die andern liegen in einer

Reihe auf dem Rücken, und ihre Gesichter sind hierhin und dorthin gedreht, und manche Gesichter sind dort, wo ihre Nacken sein sollten. Es ist kein schöner Anblick; denn als das Leben in mich zurückkehrte, sah ich sie alle beim Schein einer Fackel, die die Männer des Sonnenlandes zurückgelassen hatten, und ich war in eine Reihe mit den andern gelegt worden.«

»So? So?« grübelte Tyee, zu verblüfft, um mehr sagen zu können.

Es gab einen Ruck in ihm, und ihn schauderte, denn Bills Stimme ertönte aus dem Gange.

»Es ist gut,« sagte sie, »ich suche den Mann, der mit gebrochenem Hals fortkriecht, und siehe, ich finde Tyee. Wirf deine Büchse von dir, Tyee, daß ich sie auf die Steine fallen hören kann.«

Tyee gehorchte ohne Einwand, und Bill kroch ins Licht heraus. Tyee betrachtete ihn neugierig. Er war mager, mitgenommen und schmutzig, und seine Augen leuchteten wie glühende Kohlen in ihren tiefen Höhlen.

»Ich bin hungrig, Tyee«, sagte er. »Sehr hungrig sogar!«

»Und ich bin Schmutz zu deinen Füßen«, antwortete Tyee. »Dein Wort ist mir Gebot. Außerdem werde ich meinem Volke befehlen, dir keinen Widerstand zu leisten. Ich rate ihnen —«

Aber Bill hatte sich umgedreht und rief in den Gang hinein: »He! Charley! Jim! Kommt her und bringt das Mädchen mit!«

»Jetzt bekommen wir etwas zu essen«, sagte er, als seine Kameraden und Mesahchie sich ihm angeschlossen hatten.

Tyee rieb sich entschuldigend die Hände. »Wir haben nur wenig, aber was wir haben, ist dein.«

»Und dann wollen wir südwärts über den Schnee wandern«, fuhr Bill fort.

»Möget ihr ohne Beschwer wandern, und möge der Weg euch leicht werden.«

»Es ist ein weiter Weg. Wir brauchen Hunde und Nahrung – viel!«

»Du kannst unter unsern Hunden wählen und so viel Nahrung nehmen, wie sie ziehen können.«

Bill ließ sich über den Felsrand gleiten und schickte sich an, hinunterzusteigen. »Aber wir kommen wieder, Tyee. Wir kommen wieder, und unsere Tage werden lang sein hier im Lande.«

Und so reisten sie in den ungebahnten Süden, Bill, seine Brüder und Mesahehie. Und als das nächste Jahr kam, lag ›Search II‹ in der Mandellbucht vor Anker. Die wenigen vom Mandellvolke, die noch lebten, weil ihre Wunden sie verhindert hatten, in die Höhle zu kriechen, begannen auf Befehl der Männer des Sonnenlandes zu arbeiten und in der Erde zu graben. Sie jagen und fischen nicht mehr, sondern erhalten Tagelohn, für den sie sich Mehl, Zucker, Baumwollstoff und solche Waren kaufen, wie ›Search II‹ sie alljährlich von den Männern des Sonnenlandes bringt.

Und diese Mine wird in aller Heimlichkeit ausgebeutet, wie so viele Nordlandminen ausgebeutet worden sind, und kein weißer Mann außerhalb der Aktiengesellschaft, die aus Bill, Jim und Charley besteht, weiß, wo an der Küste des Polarmeeres Mandell liegt. Aab-Waak trägt immer noch seinen Kopf schief auf der Schulter hängend, er ist zum Orakel geworden und predigt den jüngeren Generationen Frieden, wofür er eine Pension von der Aktiengesellschaft erhält. Tyee ist Vorarbeiter in der Mine und hat sich eine neue Theorie über die Männer des Sonnenlandes gebildet.

»Wer unter dem Pfade der Sonne lebt, ist nicht weichlich«, sagt er, während er seine Pfeife raucht und beobachtet, wie die Tagschicht nach Hause geht und die Nachtschicht sich zur Arbeit begibt. »Denn die Sonne dringt in ihr Blut ein und brennt sie mit einem starken Feuer, so daß sie von Lüsten und Leidenschaften erfüllt werden. Sie brennen immer, so daß sie es selbst nicht wissen, wenn sie besiegt sind. Dazu ist eine Unrast in ihnen, ein Teufel, der sie über die ganze Erde treibt, um unaufhörlich zu arbeiten, zu schleppen und zu kämpfen. Ich weiß es. Ich bin Tyee.«

Die Krankheit des Einsamen Häuptlings

Diese Geschichte wurde mir von zwei alten Männern erzählt. Wir saßen im Rauch eines Moskitofeuers um die kühlste Tageszeit: Mitternacht, und während der Erzählung schlugen wir hin und wieder mit Eifer und Vergnügen nach den beflügelten Ungeheuern, die dem Rauche trotzten, um sich an unserer Haut zu letzen. Rechts, zwanzig Fuß unter uns, schlug der Yukon träge an das bröcklige Ufer, links, über dem rosenfarbenen Rande der niedrigen Hügel, glühte die schläfrige Sonne, die in dieser Nacht keinen Schlaf sah und auch in vielen folgenden Nächten keinen Schlaf sehen sollte.

Die alten Männer, die bei mir saßen und tapfer auf die Moskitos einschlugen, waren der Einsame Häuptling und Mutsak, einst Waffenbrüder und jetzt eingeschrumpfte Behältnisse für Überlieferungen und Geschehnisse der Vorzeit. Sie waren die Letzten ihres Geschlechtes und genossen keine Ehre unter den Jüngeren, die am äußersten Rande einer Minenzivilisation aufgewachsen waren. Wer kümmerte sich um Traditionen in einer Zeit, da man Geister beschwören konnte aus Whiskyflaschen, und Whiskyflaschen beschwören konnte aus gefügigen weißen Männern für einige Stunden Schweiß oder ein räudiges Fell? Welche Macht hatten die unheimlichen Beschwörungen und Masken-Mysterien des Schamanismus, wenn das lebende Wunder, das Dampfboot, jeden Tag den Yukon herauf und hinunter schnaufte, ein wirkliches feuerspeiendes Ungeheuer, das allen Naturgesetzen trotzte? Und welchen Wert hatte ererbtes Ansehen, wenn jetzt der, welcher das meiste Holz fällte oder am besten das Dampfboot mit dem Achterrad durch die Insellabyrinthe zu steuern verstand, die größte Rücksicht bei seinen Stammesgenossen fand?

Wahrlich, sie hatten zu lange gelebt, diese beiden alten Männer, der Einsame Häuptling und Mutsak: ihre bösen Tage waren gekommen, und bei der neuen Ordnung der Dinge hatten sie weder Ehre noch Heim. Also warteten sie traurig auf den Tod, und unterdessen erwärmten sich ihre Herzen für den fremden weißen Mann, der die Plage des Moskitofeuers mit ihnen teilte und ihren alten Geschichten aus den Tagen, ehe der Dampfer kam, willig Gehör schenkte.

»So wurde ein Mädchen für mich gewählt«, sagte der Einsame Häuptling. Seine schrille, pfeifende Stimme fiel hin und wieder plötzlich in einen heiseren, knirschenden Baß, um dann, wenn man sich gerade daran gewöhnt hatte, in einen dünnen Diskant zu springen, gewissermaßen abwechselndes Grillenzirpen und Ochsenfroschquaken.

»So wurde ein Mädchen für mich gewählt«, sagte er. »Denn mein Vater, Kask-ta-ka, der Otter, war zornig, weil ich nicht verlangend auf die Frauen sah. Er war ein alter Mann und der Häuptling seines Stammes. Ich war der letzte seiner Söhne, der noch am Leben war, und nur durch mich konnte er hoffen, sein Blut in kommenden, noch ungeborenen Geschlechtern fortpflanzen zu können. Aber du mußt wissen, weißer Mann, daß ich sehr krank war, und wenn weder Jagd noch Fischfang mir Freude machten und das Essen meinen Bauch nicht wärmte, warum sollte ich dann die Frauen freundlich anblicken oder mich zum Hochzeitsfest bereiten oder an das Plaudern von kleinen Kindern und die Plackerei mit ihnen denken?«

»Ja«, unterbrach Mutsak ihn. »Denn hatte der Einsame Häuptling nicht in den Armen eines großen Bären gekämpft, bis sein Kopf brach und das Blut ihm aus den Ohren lief?«

Der Einsame Häuptling nickte eifrig. »Mutsak spricht die Wahrheit. In der Zeit, die folgte, war mein Kopf gut und doch nicht gut. Denn wenn auch das Fleisch heilte und die Wunde verging, so war ich doch innerlich krank. Wenn ich ging, zitterten die Beine unter mir, und wenn ich ins Licht sah, füllten sich meine Augen mit Tränen. Und wenn ich meine Augen öffnete, lief die Welt um mich herum, und wenn ich meine Augen schloß, lief es innen in meinem Kopfe herum, und alles, was ich je gesehen, lief in meinem Kopfe herum. Und über meinen Augen war ein großer Schmerz, als ob immer etwas Schweres auf mir lag, oder als ob eine Schnur straffgezogen wurde und sehr weh tat, und meine Sprache war langsam, und ich wartete lange, daß jedes einzelne Wort richtig auf meine Zunge käme. Und wenn ich nicht lange wartete, so kam ein Strom von allen möglichen Worten, und meine Zunge sprach Torheiten. Ich war sehr krank, und als mein Vater, der Otter, mir das Mädchen Kasaan brachte —«

»Sie war jung und stark und eine Tochter meiner Schwester«, schob Mutsak ein. »Breithüftig, gut um Kinder zu gebären, war Kasaan, und sie hatte schlanke Beine und war schnellfüßig. Sie machte bessere Mokassins als irgendeins der jungen Mädchen, und die Rindenstricke, die sie flocht, waren die stärksten. Und sie hatte ein Lächeln in ihren Augen und ein Lachen auf ihren Lippen, und ihr Gemüt war nicht hitzig, und sie wußte gut, daß Männer das Gesetz geben und daß Frauen stets gehorchen.«

»Wie gesagt, ich war sehr krank«, fuhr der Einsame Häuptling fort. »Und als mir mein Vater, der Otter, das Mädchen Kasaan brachte, sagte ich, sie sollten lieber daran denken, mich zu begraben, als mich zu verheiraten. Worauf das Antlitz meines Vaters schwarz vor Zorn wurde, und er sagte, ich solle es haben, wie ich wünsche, und wenn ich auch noch am Leben sei, so solle ich mich doch wie ein Toter zum Tode bereiten —«

»Was nicht der Brauch unseres Volkes ist, weißer Mann«, erklärte Mutsak. »Denn du mußt wissen, daß das, was mit dem Einsamen Häuptling geschah, nur mit toten Männern getan zu werden pflegt. Aber der Otter war sehr zornig.«

»Ja«, sagte der Einsame Häuptling. »Mein Vater, der Otter, war ein Mann von wenig Worten, aber schnell im Handeln. Und er befahl dem Volke, sich vor der Hütte zu versammeln, in der ich lag. Und als sie versammelt waren, befahl er ihnen, um seinen Sohn zu trauern, der tot sei —«

»Und vor der Hütte sangen sie den Totensang – O-o-o-o-o-o-haa-ha-a-ich-klu-kluk-ich-klu-kluk«, jammerte Mutsak in so vorzüglicher Nachahmung, daß alle Stränge meines Rückgrats sich vor Mitgefühl krümmten und wanden.

»Und in der Hütte«, fuhr der Einsame Häuptling Fort, »schwärzte meine Mutter ihr Gesicht mit Ruß, streute Asche auf ihr Haupt und trauerte um mich wie um einen, der bereits tot war; denn so hatte mein Vater es befohlen. Daher trauerte Okiakuta, meine Mutter, mit viel Lärm, schlug sich an die

Brust und riß sich das Haar aus, und dasselbe taten Hooniak, meine Schwester, und auch Seenatah, die Schwester meiner Mutter, und der Lärm, den sie machten, tat mir sehr weh in meinem Kopfe, und ich fühlte, daß ich sehr bald sterben mußte.

Und die Ältesten des Stammes sammelten sich um mein Lager und sprachen über die Wanderung, die meine Seele unternehmen sollte. Der eine sprach von den endlosen dichten Wäldern, in denen die verirrten Seelen wandern und weinen, und wo auch ich vielleicht umherirren würde, ohne je das Ende zu sehen. Und ein anderer sprach von den großen, reißenden, schlimmen Flüssen, wo böse Geister schreien und ihre formlosen Arme ausstrecken, um einen an den Haaren hinunterzuziehen. Für diese Flüsse, sagten alle, müsse man mir ein Kanu geben. Und wieder ein anderer sprach von Stürmen, dergleichen kein lebender Mensch je gesehen, da die Sterne vom Himmel regnen und viele breite Spalten in der Erde klaffen und alle Gewässer im Herzen der Erde aus- und einstürzen. Worauf die, die bei mir saßen, die Arme hoben und laut jammerten; und die draußen hörten es und jammerten noch lauter. Und wie ich für sie tot war, so war ich tot in meinem eigenen Sinn. Ich wußte nicht, wann und wie, aber ich wußte sicher, daß ich gestorben war. Und Okiakuta, meine Mutter, legte meine Parka aus Eichhörnchenfell neben mich. Und sie legte meine Parka aus Renntierfell neben mich und meinen Regenmantel aus Robbendarm und meine Schlechtwetter-Kamikker, damit meine Seele auf der langen Wanderung warm und trocken bliebe. Man sprach von einem steilen, dicht mit Dornengestrüpp bewachsenen Hügel, und sie holte schwere Mokassins, um den Weg leicht für meine Füße zu machen.

Und als die Ältesten von den großen Tieren sprachen, die ich fällen müsse, legten die jungen Männer neben mich meinen stärksten Bogen und meine geradesten Pfeile, mein Wurfholz, meinen Speer und mein Messer. Und als die Ältesten von der Finsternis und der Stille des großen Raumes sprachen, den meine Seele durchwandern müsse, jammerte meine

Mutter noch lauter und streute sich noch mehr Asche aufs Haupt.

Und das Mädchen Kasaan schlich sich furchtsam und still herein und legte einen kleinen Beutel auf die Dinge, die ich mit auf die Reise nehmen sollte. Und in dem kleinen Beutel waren, wie ich wußte, Feuerstein und Stahl und gut getrockneter Feuerschwamm für die Feuer, die meine Seele entzünden sollten. Und die Decken wurden gewählt, in die ich eingehüllt werden sollte. Und die Sklaven wurden ausgesucht, die getötet werden sollten, damit meine Seele Gesellschaft hätte. Es waren ihrer sieben, denn mein Vater war reich und mächtig, und es war nur billig, daß ich, sein Sohn, ein geziemendes Begräbnis erhielt. Diese Sklaven waren kriegsgefangene Mukumuks, die weiter abwärts am Yukon wohnen. Am nächsten Tage sollte Skolka, der Schamane, sie einen nach dem andern töten, daß ihre Seelen sich zusammen mit der meinen auf die Wanderung durch das Unbekannte begeben konnten. Unter anderm sollten sie mein Kanu tragen, bis wir an den großen, reißenden, schlimmen Fluß kamen. Und da ich dann keinen Platz für sie hatte und ihre Aufgabe erfüllt war, sollten sie mich nicht weiter begleiten, sondern zurückbleiben und ewig in den finsteren endlosen Wäldern heulen.

Und als ich meine feinen, warmen Kleider und meine Decken und Waffen betrachtete und an die sieben Sklaven dachte, die getötet werden sollten, fühlte ich Stolz über mein Begräbnis und wußte, daß viele mich beneiden würden. Und die ganze Zeit saß mein Vater, der Otter, schweigend und finster da. Und den ganzen Tag und die ganze Nacht sang mein Volk mein Totenlied und schlug auf die Trommeln, bis es mir vorkam, als wäre ich tausendmal gestorben.

Am Morgen aber erhob mein Vater sich und ergriff das Wort. Er sei zeit seines Lebens ein Mann des Kampfes gewesen, wie das Volk wohl wisse, sagte er. Und das Volk wisse auch, daß es größere Ehre sei, kämpfend in der Schlacht zu sterben als auf den weichen Fellen am Feuer. Und da ich doch sterben solle, sei es das beste, wenn ich gegen die Mukumuks zöge und getötet würde. Dadurch würde ich Ehre und Häuptlingsrang in der letzten Wohnung der Toten gewinnen, und die Ehre würde zurückfallen auf meinen Vater, den Otter. Daher befehle er, daß ein Heer sich bereitmachen und den Fluß hinabziehen solle. Und wenn wir zu den Mukumuks kämen, solle ich allein vortreten, sie zum Kampf herausfordern und so getötet werden.«

»Nein, aber höre, o weißer Mann!« rief Mutsak, der sich nicht länger haben konnte. »Skolka, der Schamane, flüsterte in jener Nacht lange dem Otter ins Ohr, und er war es, der veranlaßte, daß der Einsame Häuptling ausgesandt wurde, um zu sterben. Denn da der Otter alt und der Einsame Häuptling der letzte seiner Söhne war, wünschte Skolka, selbst Häuptling zu werden. Und als sie einen Tag und eine Nacht soviel Lärm gemacht hatten, und der Einsame Häuptling immer noch am Leben war, wurde Skolka besorgt, daß er nicht stürbe. Und so war es Skolkas Rat mit schönen Worten von Ehre und Taten, der durch den Mund des Otters sprach.«

»Ja«, antwortete der Einsame Häuptling. »Ich wußte gut, daß es Skolkas Werk war, aber ich kümmerte mich nicht darum, denn ich war sehr krank. Ich hatte kein Herz für den Zorn und keinen Bauch für große Worte, und ich machte mir nicht viel daraus, was geschah, ich sehnte mich nur nach dem Tode, und daß alles überstanden wäre. Also, weißer Mann, ward das Heer bereitgemacht. Es war keiner von den erprobten Kriegern oder den schlauen und weisen Ältesten – es waren nur fünfmal zwanzig junge Männer, die noch nicht viel Kampf gesehen hatten. Und das ganze Dorf versammelte sich am Ufer, um uns fortziehen zu sehen. Und wir zogen fort unter großem Jubel und Liedern zu meinem Preise. Selbst du, weißer Mann, würdest dich freuen beim Anblick eines jungen Mannes, der in den Kampf zieht – selbst wenn er zum Tode verurteilt wäre.

So zogen wir fort, fünfmal zwanzig junge Männer, und Mutsak war auch dabei, denn er war auch jung und unerprobt. Und auf Befehl meines Vaters, des Otters, wurde mein Kanu mit der einen Seite an Mutsaks Kanu und mit der andern an Kannakuts Kanu festgebunden. So wurde meine Kraft mit der Ruderarbeit verschont, so daß ich mich trotz meiner

Krankheit bis zum Ende tapfer zeigen konnte. Und so zogen wir den Fluß hinab.

Ich will dich nicht ermüden mit einer Erzählung der Fahrt, die nicht lang war. Ein kurzes Stück oberhalb des Dorfes der Mukumuks stießen wir auf zwei ihrer Krieger in Kanus, die bei unserm Anblick flohen. Worauf mein Kanu dem Befehl meines Vaters gemäß losgeworfen wurde, so daß ich allein auf sie zutrieb. Es war auch nach seinem Befehl, daß die jungen Männer zurückbleiben und mich sterben sehen sollten, damit sie umkehren und erzählen konnten, wie ich gestorben sei. Das hatten mein Vater, der Otter, und Skolka, der Schamane, ihnen sehr genau erklärt und mit strenger Strafe gedroht, wenn sie nicht gehorchten.

Ich tauchte mein Paddel ein und rief den fliehenden Kriegern Hohnworte nach. Und die schlimmen Dinge, die ich rief, ließ sie zornig den Kopf wenden, und da sahen sie, daß die jungen Männer zurückblieben und ich allein näher kam. Als die beiden Krieger sich daher in sicherem Abstand befanden, trennten sich ihre Kanus, und sie warteten jeder auf einer Seite, daß ich zwischen sie käme. Und zwischen sie kam ich mit Speeren in der Hand und sang den Kriegsgesang meines Volkes. Jeder von ihnen schleuderte einen Speer nach mir, aber ich bückte mich, und die Speere pfiffen über mich hinweg, ohne mir zu schaden. Und als wir dann alle drei dicht aneinander waren, warf ich meinen Speer nach dem Mann zu meiner Rechten und traf ihn in die Kehle, daß er hintenüber ins Wasser stürzte.

Groß war meine Überraschung, denn ich hatte einen Mann getötet. Ich wandte mich gegen den zur Linken und ruderte kräftig, um dem Tode Angesicht zu Angesicht zu begegnen; aber der zweite und letzte Speer des Mannes traf nur das Fleisch an meiner Schulter. Dann war ich über ihm und warf nicht, sondern bohrte ihm die Spitze in die Brust und bohrte mit beiden Händen nach. Und während ich so aus aller Kraft arbeitete, schlug er mich mit seinem Paddel über den Kopf, einmal und zweimal. Noch als die Speerspitze ihm zum Rücken hinausdrang, schlug er mich über den Kopf. Es war wie ein Blitz, wie ein helles Licht, und ich fühlte, wie etwas in meinem Kopf mit einem Ruck nachgab. Und der Druck verschwand, und das Band, das meine Stirn so fest zusammengeschnürt hatte, riß. Eine große Freude kam über mich, mein Herz sang vor Glück. Das ist der Tod, dachte ich, und daher fand ich, daß der Tod sehr gut sei. Und dann sah ich die beiden leeren Kanus und wußte, daß ich nicht tot, sondern wieder gesund geworden war. Die Schläge, die der Mann mir auf den Kopf gegeben, hatten mich gesund gemacht. Ich wußte, daß ich getötet hatte, und der Geschmack des Blutes machte mich grimmig, ich trieb mein Paddel dem Yukon in den Busen und zwang mein Kanu dem Dorfe der Mukumuks zu. Die jungen Leute hinter mir stießen ein lautes Geschrei aus. Ich sah über die Schulter zurück und sah, wie das Wasser unter ihren Paddeln schäumte —«

»Ja, es schäumte weiß unter unsern Paddeln«, sagte Mutsak. »Denn wir dachten an das Gebot des Otters und Skolkas, daß wir mit eigenen Augen sehen sollten, wie der Einsame Häuptling sterbe. Einer der jungen Männer der Mukumuks, der draußen war, um nach einer Lachsschlinge zu sehen, erblickte den Einsamen Häuptling, der mit fünfmal zwanzig Mann hinter sich daherkam. Und der junge Mann floh in seinem Kanu bis ans Dorf, um Lärm zu schlagen. Aber der Einsame Häuptling eilte ihm nach. Und als der junge Mann gerade beim Dorfe an Land sprang, erhob sich der Einsame Häuptling in seinem Kanu und tat einen gewaltigen Wurf. Und der Speer fuhr gerade über den Hüften durch den Leib des jungen Mannes, daß er vornüber fiel. Worauf der Einsame Häuptling mit der Kriegskeule in der Hand ans Ufer sprang und, einen lauten Kriegsruf auf den Lippen, ins Dorf stürzte. Und der erste Mann, auf den er stieß, war Itwilie, der Häuptling der Mukumuks, und der Einsame Häuptling traf ihn mit seiner Kriegskeule auf den Kopf, daß er tot zu Boden fiel. Und aus Furcht, daß wir nicht sähen, wie er sterbe, sprangen wir fünfmal zwanzig jungen Männer auch an Land und folgten dem Einsamen Häuptling ins Dorf. Aber die Mukumuks verstanden uns nicht und glaubten, wir kämen, um zu kämpfen, und daher sangen ihre Bogensehnen, und ihre Pfeile zischten zwischen uns. Worauf wir vergaßen, was wir zu tun hatten, und mit unsern Speeren und Keulen über sie herfielen. Und da sie nicht vorbereitet waren, gab es ein großes Gemetzel – –«

»Mit meinen eigenen Händen tötete ich ihren Schamanen«, erklärte der Einsame Häuptling, und sein welkes altes Antlitz arbeitete bei der Erinnerung an jenen längst entschwundenen Tag. »Mit meinen eigenen Händen tötete ich ihn. Und jedesmal, wenn ich einem Manne von Angesicht zu Angesicht gegenüberstand, dachte ich: Jetzt kommt der Tod. Und jedesmal fällte ich den Mann, und der Tod kam nicht. Es war, als ob der Atem des Lebens stark in meinen Nüstern war und ich nicht sterben konnte.«

»Und wir folgten dem Einsamen Häuptling durch das ganze Dorf und wieder zurück«, fuhr Mutsak fort. »Wie ein Rudel Wölfe, bis es keine Mukumuks mehr gab, die kämpfen wollten. Und dann machten wir fünfmal zwanzig Männer und doppelt so viele Frauen und zahllose Kinder zu Sklaven, steckten alle Häuser und Hütten in Brand, äscherten sie ein, und dann zogen wir fort. Und das war das Ende der Mukumuks.«

»Und das war das Ende der Mukumuks«, wiederholte der Einsame Häuptling triumphierend. »Und als wir in unser eigenes Dorf zurückkehrten, staunte das Volk über die Beute und die Sklaven, die wir mitbrachten, und noch mehr staunten sie, daß ich noch am Leben war. Und mein Vater, der Otter, bebte vor Freude. Denn er war ein alter Mann und ich der letzte seiner Söhne. All die erfahrenen Krieger kamen, bis das ganze Volk versammelt war. Da erhob ich mich; mit einer Stimme wie Donnerrollen befahl ich Skolka, dem Schamanen, vorzutreten –«

»Ja, weißer Mann,« rief Mutsak. »Mit einer Stimme wie Donnerrollen, daß allen die Knie bebten.«

»Und als Skolka vortrat,« fuhr der Einsame Häuptling fort, »sagte ich, es sei nicht gut, daß die bösen Geister, die jenseits des Grabes werteten, enttäuscht würden, und daher meinte ich, es sei richtig, daß Skolkas Seele ausziehe in das Unbekannte, wo sie zweifellos ewig in den finsteren, endlosen Wäldern heulen müsse. Und dann tötete ich ihn, wie er dastand, vor den Augen des ganzen Volkes. Ich, der Einsame Häuptling, tötete mit eigener Hand Skolka, den Schamanen, vor den Augen des ganzen Volkes. Und als sich Murren erhob, rief ich laut —«

»Mit einer Stimme wie Donnerrollen«, half Mutsak.

»Ja, mit einer Stimme wie Donnerrollen rief ich: ›Siehe, o Volk! Ich bin der Einsame Häuptling, der Skolka, den falschen Schamanen, getötet hat! Ich bin der einzige unter den Menschen, der durch das Tor des Todes geschritten und wieder zurückgekehrt ist. Ich bin größer als Skolka, der Schamane. Ich bin größer als alle Schamanen. Und ich bin ein größerer Häuptling als mein Vater, der Otter. Tagein, tagaus hat er mit den Mukumuks gekämpft, und seht, ich habe sie alle an einem einzigen Tage gefällt. Wie mit einem Hauch habe ich sie gefällt. Und weil mein Vater, der Otter, alt, und Skolka, der Schamane, tot ist, daher will ich dir, mein Volk, sowohl Häuptling wie Schamane sein. Und wenn ein Mann meinen Worten widersprechen will, so möge er vortreten!‹

Ich wartete, aber keiner trat vor. Da rief ich: ›Hei! Ich habe Blut geschmeckt! Bringt mir jetzt Fleisch, denn ich bin hungrig, öffnet die Vorräte, reißt die Fischständer nieder und laßt uns einen großen Schmaus halten. Laßt uns fröhlich sein und singen, nicht von Begräbnis, sondern von Hochzeit. Und bringt das Mädchen Kasaan zu mir. Das Mädchen Kasaan, das die Mutter der Kinder des Einsamen Häuptlings werden soll!‹

Und bei meinen Worten weinte mein Vater, der Otter, wie ein Weib und schlang seine Arme um meine Knie. Und von diesem Tage an war ich sowohl Häuptling wie Schamane. Und alle Männer bezeigten mir Gehorsam.«

»Bis das Dampfboot kam«, flüsterte Mutsak.

»Ja«, sagte der Einsame Häuptling. »Bis das Dampfboot kam.«

Keesh, der Sohn des Keesh

Und so will ich sechs Decken geben, doppelte, warme Decken; sechs große und harte Feilen; sechs scharfe und lange Hudson-Buchtmesser; zwei Kanus, von Mogum verfertigt, der viele Dinge machen kann; zehn breitschultrige, kräftige Zughunde und drei Büchsen – der Drücker der einen ist abgebrochen, aber es ist eine gute Büchse und sie kann ohne Zweifel wieder gemacht werden.«

Keesh schwieg und ließ die Blicke über die aufmerksamen Gesichter im Kreise schweifen. Es war die Zeit des großen Fischfangs, und er machte Gnob ein Gebot auf seine Tochter Su-Su. Der Ort war die St.-Georg-Mission am Yukon, wo sich die Stämme aus einem Umkreis von vielen hundert Meilen versammelten. Von Norden, Süden, Osten und Westen waren sie gekommen, sogar aus Tozikat und dem fernen Tananaw.

»Und ferner, o Gnob, bist du der Häuptling der Tananaws, und ich, Keesh, Sohn des Keesh, bin der Häuptling der Thlungets. Und wenn daher den Lenden deiner Tochter Nachkommenschaft entspringt, so wird Freundschaft sein zwischen den Stämmen, große Freundschaft, und Tana-naw und Thlunget werden Blutsbrüder sein in kommenden Zeiten. Was ich gesagt habe, das will ich tun, das tue ich. Und was sagst du, o Gnob, nun in dieser Sache?«

Gnob nickte ernsthaft mit dem Kopfe, und sein knorriges und altersgerunzeltes Gesicht lag wie eine undurchdringliche Maske vor der Seele, die dahinter wohnte. Seine kleinen Augen brannten wie glühende Kohlen hinter ihren engen Spalten, als er mit hoher, brüchiger Stimme quäkte: »Aber das ist nicht alles.«

»Was mehr?« fragte Keesh. »Habe ich dir nicht volles Maß geboten? Ist je ein Tana-naw-Mädchen gewesen, für das ein so hoher Preis geboten wurde? So nenne sie!«

Ein offenes Hohngelächter durchlief den Kreis, und Keesh wußte, daß er vor diesen Leuten zum Hohn wurde.

»Nein, nein, guter Keesh, du verstehst mich nicht«, sagte Gnob mit einer beruhigenden Handbewegung. »Der Preis ist anständig. Es ist ein guter Preis. Ich sage auch nichts über den abgebrochenen Drücker. Aber das ist nicht alles. Wie steht es mit dem Manne?«

»Ja, wie steht es mit dem Mann?« knurrte der Kreis.

»Es heißt,« quäkte Gnobs schrille Stimme, »es heißt, daß Keesh nicht den Weg seiner Väter wandert. Es heißt, daß er in die Finsternis fremden Göttern nachzieht, und daß er furchtsam geworden ist.«

Keesh's Antlitz verdüsterte sich. »Das ist Lüge«, donnerte er. »Keesh fürchtet sich vor keinem Manne!«

»Es heißt,« quäkte der alte Gnob weiter, »daß er der Rede des weißen Mannes droben in dem großen Hause gelauscht hat, und daß er sein Haupt vor dem Gott des weißen Mannes beugt, und ferner, daß der Gott des weißen Mannes kein Blut liebt.«

Keesh schlug die Augen nieder, und seine Faust ballte sich leidenschaftlich. Der wilde Kreis lachte spöttisch, und Madwan, der Schamane, der Hohepriester und Medizinmann des Stammes, flüsterte Gnob etwas ins Ohr.

Der Schamane stöberte zwischen den Schatten am Rande des Feuerscheins und scheuchte einen kleinen schmächtigen Knaben auf. Er zerrte ihn vor Keesh, und in Keesh's Hand legte er ein Messer.

Gnob beugte sich vor. »Keesh! O Keesh! Wagst du, einen Menschen zu töten? Sieh! Dies ist Kitz-noo, ein Sklave. Stoß zu. O Keesh, stoß zu mit der Kraft deines Armes!«

Der Knabe zitterte und erwartete den Stoß. Keesh sah ihn an; Gedanken an Mr. Browns höhere Morallehre durchflogen seine Seele, und er sah deutlich die tanzenden Flammen in Mr. Browns Lieblings-Höllenfeuer vor sich. Das Messer fiel zu Boden, und der Knabe atmete tief auf und schlich mit zitternden Knien aus dem Lichtkreise. Zu Gnobs Füßen lag ein Wolfshund, der die schlimmen Zähne zeigte und sich anschickte, dem Knaben nachzuspringen. Aber der Schamane stieß dem Tiere seinen Fuß in den Leib und brachte Gnob damit auf einen Gedanken.

»Und was würdest du tun, o Keesh, wenn jemand dich so behandelte?« Und mit diesen Worten reichte Gnob Weißzahn, dem Hunde, einen Streifen Lachs, und als das Tier ihn nehmen wollte, gab er ihm mit einem Stock einen scharfen Schlag über die Schnauze. »Würdest du es hinterher ebenso machen, Keesh?« Weißzahn kam zitternd auf dem Bauche angekrochen und leckte Gnob die Hand.

»Hör' mich an!« Gnob hatte sich, auf Madwans Arm gelehnt, erhoben. »Ich bin sehr alt, und weil ich sehr alt bin, will ich dir etwas erzählen. Dein Vater, Keesh, war ein mächtiger Mann. Und er liebte den Gesang der Bogensehne in der Schlacht, und diese meine Augen haben ihn einen Speer werfen sehen, daß die Spitze zum Rücken des Mannes hinausfuhr. Aber du gleichst ihm nicht. Seit du den Raben verlassen hast, um den Wolf anzubeten, fürchtest du dich vor Blut und hast auch dein Volk furchtsam gemacht. Das ist nicht gut. Denn sieh, als ich ein Knabe war, wie Kitz-noo dort, gab es nicht einen weißen Mann im ganzen Lande. Aber sie kamen, einer nach dem andern, diese weißen Männer, und jetzt sind ihrer viele. Und sie sind ein rastloses Geschlecht und begnügen sich nie damit, sich mit vollem Magen am Feuer zur Ruhe zu begeben und den nächsten Tag wieder raten zu lassen. Es ist, als ob ein Fluch auf ihnen liege, den sie mit Arbeit und Mühe sühnen müssen.«

Keesh war verblüfft. Die Erinnerung an eine nur halb verstandene Geschichte, die Mr. Brown ihm erzählt hatte von einem gewissen Adam in alten Tagen, tauchte vor ihm auf, und es schien, daß der Missionar die Wahrheit gesprochen hatte.

»Und darum legen sie die Hand auf alles, was sie sehen, diese weißen Männer, und gehen überall hin und sehen alles. Und es kommen immer mehr auf ihren Spuren, so daß sie, wenn wir nichts unternehmen, das ganze Land besitzen werden und es keinen Platz mehr für die Stämme des Raben geben wird. Und darum müssen wir sie bekämpfen, bis keiner von ihnen übrig ist. Dann wollen wir die Pässe und das Land besetzen, und vielleicht werden dann unsere Kinder und Kindeskinder gedeihen und dick werden. Es wird ein großer Kampf, wenn Wolf und Rabe aneinandergeraten; aber Keesh wird nicht kämpfen, und er wird auch sein Volk nicht kämpfen lassen. Daher wäre es nicht gut, wenn er meine Tochter bekäme. So habe ich gesprochen, ich, Gnob, der Häuptling der Tana-naws.«

»Aber die weißen Männer sind gut und groß«, antwortete Keesh. »Die weißen Männer haben uns viele Dinge gelehrt. Die weißen Männer haben uns Decken und Messer und Büchsen gegeben, wie wir sie nie verfertigt haben und nie verfertigen könnten. Ich weiß gut, wie wir lebten, ehe sie kamen. Ja, ich war damals noch nicht geboren, aber ich habe es von meinem Vater gehört. Wenn wir auf die Jagd gingen, mußten wir uns dicht an den Elch heranpürschen, daß wir ihn mit dem Wurfspeer treffen konnten. Heute gebrauchen wir die Büchse des weißen Mannes, die weiter reicht, als der Schrei eines Kindes zu hören ist. Wir aßen Fisch und Fleisch und Beeren – es gab nichts anderes zu essen –, und wir aßen es ohne Salz. Wie viele sind unter euch, die Lust haben, zu Fisch und Fleisch ohne Salz zurückzukehren?«

Das hätte gewirkt, wäre Madwan nicht plötzlich aufgesprungen, ehe es noch still geworden war. »Zunächst eine Frage an dich, Keesh. Der große Mann droben in dem großen Hause sagt euch, daß es unrecht sei, zu töten. Aber wissen wir nicht, daß die weißen Männer auch töten? Haben wir den großen Kampf bei Koyokuk vergessen? Oder den großen Kampf bei Nuklukyeto, wo drei weiße Männer zwanzig Tozikakats töteten? Meinst du, wir dächten nicht mehr an die drei Männer vom Tana-naw-Stamme, die der weiße Mann Macklewrath tötete? Sage mir, Keesh, warum lehrt der Schamane Brown euch, daß es unrecht sei zu töten, wenn alle seine Brüder kämpfen?«

»Nein, nein, du brauchst nicht zu antworten«, quäkte Gnob, während Keesh einen Ausweg aus diesen Widersprüchen suchte. »Es ist ganz leicht zu verstehen. Der gute Mann Brown möchte gern den Raben festhalten, damit seine Brüder ihm die Federn ausrupfen können.« Er hob die Stimme. »Aber solange es einen einzigen Tana-naw, der dreinschlagen, ein einziges Mädchen gibt, das einen Knaben gebären kann, so lange soll der Rabe nicht gerupft werden!«

Gnob wandte sich an einen heiseren jungen Mann auf der andern Seite des Feuers. »Und was sagst du, Makamuk, der du der Bruder Su-Sus bist?«

Makamuk erhob sich. Eine lange Narbe, die über das Gesicht lief, zog seine Oberlippe in die Höhe, daß er unaufhörlich zu grinsen schien, was der glühenden Wildheit seiner Augen widersprach. »Heute«, begann er mit scheinbarer Gleichgültigkeit, »kam ich an der Hütte des Händlers Macklewrath vorbei. Und in der Tür sah ich ein Kind, das der Sonne zulachte. Und das Kind sah mich mit den Augen des Händlers Macklewrath an und wurde bange vor mir. Die Mutter lief herbei und beschwichtigte es sofort. Die Mutter war Ziska, ein Thlungetweib.«

Ein Knurren von Wut erhob sich und übertönte seine Stimme; er beschwichtigte den Lärm, indem er sich theatralisch mit ausgestrecktem Arm und anklagendem Zeigefinger gegen Keesh wandte.

»So? Ihr gebt eure Frauen fort, ihr Thlungets, und dann kommt ihr zu den Tana-naws, um euch andere zu holen? Aber wir brauchen unsere Frauen selber, Keesh, denn wir müssen Männer zeugen, viele Männer, für den Tag, da der Rabe und der Wolf aneinandergeraten.« – Durch den Beifallssturm schrillte deutlich die Stimme Gnobs: »Und du, Nossabok, der du ihr Lieblingsbruder bist?«

Der junge Mann war schlank und anmutig und besaß die kräftige Adlernase und die hohe Stirn seiner Rasse; aber infolge einer nervösen Schwäche fiel das eine Augenlid hin und wieder herab, so daß er schelmisch zu blinzeln schien. Als er sich erhob, fiel es herab und ruhte einen Augenblick auf seiner Wange. Aber das wurde nicht mit dem üblichen Lachen begrüßt. Alle Gesichter waren ernst. »Ich ging auch an der Hütte des Händlers Macklewrath vorbei«, sagte er mit einer weichen, mädchenhaften Stimme, die in hohem Maße der seiner Schwester glich. »Und ich sah Indianer, denen der Schweiß in die Augen lief und die Knie vor Müdigkeit zitterten – ich sage, ich sah Indianer, die stöhnten, während sie Balken zu dem Lager schleppten, das der Händler Macklewrath sich baut. Und meine Augen sahen andere, die

Brennholz schlugen, damit das Haus des Schamanen Brown in der Kälte der langen Nächte warm gehalten werden kann. Das ist Frauenarbeit. Nie werden die Tananaws solches tun. Wir wollen Blutsbrüder sein von Männern und nicht von Squaws, und die Thlungets sind Squaws.«

Tiefe Stille trat ein, und aller Augen hefteten sich auf Keesh. Er blickte sich sorgfältig und langsam um, sah jedem erwachsenen Manne gerade ins Gesicht. »So«, sagte er leidenschaftslos. »So«, wiederholte er. Dann drehte er sich um und ging ins Dunkel hinaus.

Über spielende Kinder und knurrende Wolfshunde hinweg wanderte er durch das große Lager, und an dessen Rande fand er eine Frau, die im Schein eines Feuers bei ihrer Arbeit saß. Sie war im Begriff, Schnüre zum Fischfang aus der Rinde der langen Wurzeln von Schlingpflanzen und Ranken zu drehen.

Eine Zeitlang stand er neben der Frau, ohne ein Wort zu sagen, und sah auf ihre gewandten Hände, die Ordnung in die wirre Masse verwickelter Fasern brachten. Sie war schön anzusehen, wie sie hier bei ihrer Arbeit saß, kräftig gebaut, breitbrüstig und mit Hüften, die wie geschaffen schienen, Kinder zu gebären. Und der Bronzeton ihres Antlitzes leuchtete golden in dem flimmernden Licht, ihr Haar schimmerte blauschwarz, und ihre Augen glichen Kohlenperlen.

»O Su-Su,« sagte er endlich, »du hast mich freundlich angesehen in Tagen, die entschwunden sind, aber noch nicht lange —«

»Ich habe dich freundlich angesehen, weil du der Häuptling der Thlungets bist,« antwortete sie schnell, »und weil du groß und stark bist.«

»Ja —«

»Aber das war in den alten Tagen des Fischfangs,« beeilte sie sich hinzuzufügen, »ehe der Schamane Brown kam, dich schlechte Dinge lehrte und deinen Fuß auf fremde Wege führte.«

»Aber ich will dir sagen —«

Sie hob die Hand mit einer Bewegung, die an ihren Vater erinnerte.

»Nein, ich kenne die Worte, die sich in deiner Kehle jetzt regen, o Keesh, und ich antworte darauf. Es ist so, daß die Fische im Wasser und die Tiere im Walde Kinder von ihrer eigenen Art zeugen. Und das ist gut so. Ebenso ist es mit den Frauen. Sie sollen Kinder von ihrer Art zeugen, und selbst eine Jungfrau fühlt trotz ihrer Jungfrauschaft die Geburtswehen und die Schmerzen in der Brust und die kleinen Hände um ihren Hals. Und wenn ein solches Gefühl stark ist, dann sieht die Jungfrau sich verstohlen nach dem Manne um – dem Manne, der zum Vater für ihre Art taugt. Das habe ich gefühlt. Das fühlte ich, als ich dich sah und fand, daß du groß und stark warst, ein Kämpfer gegen Tiere und Menschen, wohl imstande, mir das Fleisch zu schaffen, sollte ich auch zwei ernähren mit meinem Munde, und die Gefahr von mir fernzuhalten, wenn ich hilflos wäre. Aber das war vor dem Tage, da der Schamane Brown ins Land kam und dich lehrte —«

»Das ist nicht richtig, Su-Su. Es sind gute Worte, die ich von ihm gehört habe —«

»Daß es nicht recht sei, zu töten. Ich weiß, was du sagen willst. So zeuge du Kinder von deiner Art, von der Art, die nicht tötet; aber suche sie nicht unter den Tana-naws. Denn es heißt, daß in den kommenden Tagen der Rabe mit dem Wolfe ringen wird. Ich verstehe nichts davon, denn das sind Männersachen; aber ich weiß, daß es meine Sache ist, Männer für jene Zeit zu gebären.«

»Su-Su,« unterbrach Keesh sie, »du mußt mich anhören —«

»Ein *Mann* würde mich mit einem Stock schlagen und mich zwingen, ihn anzuhören«, spottete sie. »Aber du ... hier!« Sie steckte ihm ein Bündel Bast in die Hand. »Mich kann ich dir nicht geben, aber nimm dieses. Das paßt am besten in deine Hände. Es ist Squaws-Arbeit, flicht!«

Er warf es hin, und das zornige Blut bahnte sich einen dunklen Weg unter seiner bronzefarbenen Haut.

»Noch eins«, fuhr sie fort. »Es ist ein alter Brauch, der deinem Vater wie meinem nicht fremd ist. Wenn ein Mann im Kampfe fällt, wird sein Skalp als Siegeszeichen genommen. Schön. Aber du, der du dem Raben abgeschworen hast, mußt mehr tun. Du mußt mir nicht Skalpe, sondern Köpfe bringen, zwei Köpfe, dann will ich dir keinen Bast geben, sondern einen perlgestickten Gürtel und darin ein langes russisches Messer mit Scheide. Und dann werde ich dich wieder freundlich ansehen, und alles wird gut sein.«

»So«, grübelte der Mann. »So.« Dann drehte er sich um und trat aus dem Lichtschein.

»Nein, o Keesh!« rief sie ihm nach. »Nicht zwei Köpfe, sondern mindestens drei!«

Aber Keesh blieb seiner Bekehrung treu, lebte ein rechtschaffenes Leben und brachte seine Stammesgenossen dahin, daß sie dem Evangelium gehorchten, wie es ihnen von Pastor Jackson Brown ausgelegt wurde. In der ganzen Fischfangzeit kümmerte er sich nicht um die Tana-naws und nahm keine Notiz von den Witzen, die umliefen, oder dem Lachen der Frauen in den vielen Stämmen. Nach Beendigung des Fischfangs zogen Gnob und sein Volk mit großen Vorräten an sonnengedörrtem und geräuchertem Lachs heim, um auf den weiten Ebenen der Tana-naws zu jagen.

Keesh sah sie fortziehen, ließ aber nicht nach in seiner Aufmerksamkeit bei dem Gottesdienst in der Mission, wo er sich regelmäßig zu den Gebetsstunden einstellte und den Chorgesang mit seinem tiefen Baß führte.

Pastor Jackson Brown war begeistert von diesem tiefen Baß und erklärte Keesh wegen seiner vortrefflichen Eigenschaften für den meistversprechenden aller Bekehrten. Macklewrath war anderer Meinung. Er glaubte nicht, daß die Bekehrung der Heiden sehr tief säße, und hielt mit seiner Meinung nicht hinter dem Berge. Aber Pastor Brown war auf seine Weise ein bedeutender Mann, und er disputierte die Sache so überzeugend einen langen Winterabend lang, daß der Händler, von einer Stellung zur andern getrieben, schließlich desperat erklärte: »Sie können mir den Schädel einschlagen, Brown, oder ich lasse mich selber bekehren, wenn Keesh zwei Jahre lang bei seiner Bekehrung beharrt!«

Herr Brown ließ nie eine Gelegenheit unbenutzt, und daher schlug er sofort mit männlichem Handschlag ein, und von diesem Augenblick an war Keesh' Verhalten entscheidend für das schließliche Wohl und Wehe von Macklewraths Seele.

Aber eines Tages, als der Winterfrost sich auf das Land niedergelassen und den Boden hart genug zum Reisen gemacht hatte, gab es eine große Neuigkeit.

Ein Tana-naw, der nach der St.-Georgs-Mission kam, um Munition zu kaufen, erzählte, daß Su-Su ihr Auge auf Nee-Koo geworfen hatte, einen starken jungen Jäger, der am Feuer des alten Gnob ein glänzendes Gebot für sie gemacht hatte. Um diese Zeit war es, daß Pastor Jackson Brown eines Tages Keesh auf dem Holzwege begegnete, der zum Flusse hinab-führt. Keesh hatte seine besten Hunde vor den Schlitten gespannt und seine feinsten Schneeschuhe unter die Laschen gesteckt.

»Wo gehst du hin, o Keesh? Auf die Jagd?« fragte Mr. Brown in der Art der Indianer.

Keesh blickte ihm eine ganze Minute starr in die Augen und trieb seine Hunde an. Dann wandte er wieder seinen ruhigen Blick auf den Missionar und antwortete:

»Nein, ich gehe zur Hölle.«

Auf einer Lichtung lagen, wie zusammengekauert im Schnee, drei traurige Zelte, als suchten sie Schutz vor der unheimlichen Einsamkeit. Rings lag, ein Dutzend Schritte entfernt, der finstere Wald. Uber ihnen war nicht die Leere eines klaren, blauen Himmels, sondern ein undeutlicher, schneedrohender Nebelhang. Kein Hauch, kein Laut, nichts als Schnee und Stille. Nicht einmal das Leben, das gewöhnlich über einem Lager liegt; denn die Jagdgesellschaft war einer Renntierherde in die Flanke gekommen und hatte große Beute gemacht. So war nach einer Hungerperiode eine Zeit der Fülle und der Feste gekommen, und daher lagen sie nun bei hellichtem Tage in ihren Elchfellzelten und schliefen fest.

An einem Feuer vor einem Zelt standen fünf Paar Schneeschuhe aufrecht in ihrem Element, und an dem Feuer saß Su-Su. Die Kappe ihrer Eichhörnchenfell-Parka war über den Kopf gezogen und um ihren Hals zugebunden; ihre Hände aber trugen keine Handschuhe und waren eifrig beschäftigt, mit Nadel und Sehnenfaden einen mit hochrotem Stoff verzierten Ledergürtel als Abschluß phantastisch zu besticken. Hinter einem der Zelte stieß ein Hund ein kurzes, scharfes Kläffen aus und schwieg ebenso plötzlich, wie er begonnen. Einmal gurgelte und grunzte ihr Vater in dem Zelte hinter ihr im Schlafe. »Böse Träume«, lächelte sie bei sich. »Er wird alt und aß zuviel von der letzten Keule.« Sie befestigte die letzte Perle, machte einen Knoten in den Sehnenfaden und legte neues Holz aufs Feuer. Nachdem sie lange in die Flammen gestarrt hatte, hob sie schließlich den Kopf, als sie das scharfe Knirschen eines Mokassins auf dem steinharten körnigen Schnee hörte. Neben ihr stand Keesh. leicht gebückt unter einer Last, die er auf dem Rücken trug. Sie war lose in weichgegerbtes Elchleder gepackt, und er warf sie gleichgültig in den Schnee und ließ sich nieder. Lange blickten sie sich an, ohne zu reden.

»Es ist ein weiter Weg, o Keesh,« sagte sie schließlich, »ein weiter Weg von der St.-Georgs-Mission am Yukon.«

»Ja«, antwortete er abwesend und heftete den Blick starr auf den Gürtel, als wollte er seinen Umfang messen. »Aber wo ist das Messer?« fragte er.

»Hier.« Sie zog es unter ihrer Parka hervor und ließ die bloße Klinge im Schein des Feuers spielen. »Es ist ein gutes Messer.«

»Gib es mir!« befahl er.

»Nein, o Keesh«, lachte sie. »Es könnte sein, daß du nicht geboren wärest, es zu tragen.«

»Gib es mir!« wiederholte er, ohne den Ton zu ändern. »Ich bin geboren, es zu tragen.«

Da sahen ihre Augen, wie der Schnee sich dort langsam rötete. »Ist das Blut, Keesh?« fragte sie.

»Ja, es ist Blut. Aber gib mir den Gürtel und das lange russische Messer.«

Sie fühlte sich plötzlich von Furcht ergriffen und erschauerte, als er ihr den Gürtel mit rauhem Griff entriß, erschauerte über seine Rauheit. Sie blickte ihn sanft an und spürte einen Schmerz in der Brust und kleine Händchen um ihren Hals.

»Er ist für einen kleineren Mann gemacht«, bemerkte er grimmig, indem er ihn um seinen Leib schnallte.

Su-Su lächelte, und ihre Augen wurden noch sanfter. Wieder spürte sie die weichen Händchen an ihrem Halse. Er sah gut aus, und der Gürtel war unleugbar zu eng und für einen kleineren Mann gemacht. Aber was tat das? Sie konnte viele Gürtel nähen.

»Aber das Blut?« fragte sie unter dem Zwange einer neuentstandenen, wachsenden Hoffnung. »Das Blut, Keesh? Sind es ... sind es ... Köpfe?«

»Ja.«

»Sie müssen noch ganz frisch sein, sonst wäre das Blut gefroren.«

»Ja, es ist nicht kalt, und sie sind frisch, ganz frisch.«

»O Keesh!« Ihr Antlitz war warm und strahlte.

»Und für mich?«

»Ja. Für dich.«

Er faßte eine Ecke des Fells, riß es mit einer schnellen Bewegung auseinander und rollte die Köpfe vor ihre Füße.

»Drei«, flüsterte er wild. »Nein, wenigstens vier Aber sie saß erstarrt da. Dort lagen sie – das sanfte Antlitz Nee-Koos; das verwitterte Greisengesicht Gnobs; Makamuk, sie mit hochgezogener Oberlippe angrinsend, und endlich Nossabok, das Augenlid wie gewöhnlich schelmisch blinzelnd auf die mädchenhafte Wange gesunken. Dort lagen sie, während der Schein des Feuers über sie hinspielte und um jeden ein wachsender Kreis den Schnee rötete.

Vom Feuer aufgetaut, gab die weiße Kruste unter Gnobs Kopf nach, er rollte sich herum, als wäre er lebendig, und blieb zu ihren Füßen liegen.

Im Walde schüttelte eine überbürdete Kiefer ihre Schneelast ab, und das Echo scholl hohl durch die Schlucht. Der Tag schwand schnell, und Finsternis senkte sich über das Lager, als Weißzahn zum Feuer getrabt kam. Seine Schnauze wandte sich schnell seitwärts, seine Nüstern zitterten, und die Haare sträubten sich auf seinem Rücken; er folgte der Blutspur bis zum Kopfe seines Herrn. Er schnupperte zuerst vorsichtig, dann leckte er die Stirn mit seiner roten, heraushängenden

Zunge. Plötzlich setzte er sich nieder, hob die Schnauze zum ersten matten Stern empor und ließ ein langgezogenes Wolfsgeheul ertönen.

Das brachte Su-Su zu sich. Sie warf einen Blick auf Keesh, der das russische Messer gezogen hatte und sie aufmerksam betrachtete. Sein Gesicht war fest und entschlossen, und sie las das Gesetz darin. Sie ließ die Kappe ihrer Parka zurückfallen, entblößte ihren Hals und erhob sich. Dann hielt sie inne und warf einen langen Blick um sich her, auf den Wald, die matten Sterne am Himmel, das Lager, die Schneeschuhe im Schnee – einen langen umfassenden Blick auf das Leben. Ein leichter Windhauch bewegte ihr Haar, und einen Augenblick wandte sie den Kopf, so daß es ihr gerade ins Gesicht wehte.

Dann dachte sie an ihre Kinder, die immer ungeboren bleiben sollten, schritt zu Keesh hinüber und sagte: »Ich bin bereit.«

Ligouns Tod

»Blut um Blut, Rang um Rang.«
Thlinket-Gesetz.

Höre jetzt von Ligouns Tod —«

Der Sprechende schwieg oder hielt vielmehr in seiner Erzählung inne und betrachtete mich mit verständnisinnigem Blick. Ich hielt die Flasche zwischen unsre Augen und das Feuer, zeigte mit dem Daumen, wieviel getrunken werden durfte, und schob sie ihm hin; denn war er nicht Palitlum, der Säufer? Viele Geschichten hatte er mir erzählt, und lange hatte ich darauf gewartet, daß dieser des Schreibens unkundige Schriftsteller von den Dingen sprechen sollte, die Ligoun betrafen; denn unter allen lebenden Menschen kannte er diese Dinge am besten.

Er lehnte den Kopf mit einem Grunzen zurück, das schnell in ein Gurgeln überging, und der Schatten eines riesigen menschlichen Körpers unter einer mächtigen, umgekehrten Flasche hüpfte und tanzte auf der Felswand hinter uns. Palitlum setzte den Flaschenhals mit einem zärtlichen Schmatzen vom Munde ab und guckte traurig in die geisterhafte Wölbung des Himmels hinauf, wo das blasse, weiße Licht des Sommernordlichtes spielte.

»Es ist seltsam«, sagte er. »Kalt wie Wasser und heiß wie Feuer. Dem, der es trinkt, gibt es Stärke, und dem, der es trinkt, nimmt es Stärke. Es macht alte Männer jung und junge alt. Den Mann, der müde ist, läßt es sich erheben und weitergehen, und den Mann, der nicht müde ist, beschwert es, daß er in Schlaf sinkt. Mein Bruder hatte ein Herz wie das eines Kaninchens, aber er trank davon, und sogleich tötete er vier seiner Feinde. Mein Vater war wie ein großer Wolf und zeigte allen Menschen die Zähne, und er trank davon und ward durch den Rücken geschossen, als er schnell fortlief. Es ist sehr seltsam.«

»Es ist ›Three Star‹ und besser als das Zeugs, mit dem sie euch dort unten die Bäuche vergiften«, antwortete ich und wies mit der Hand über die klaffende Schlucht von Finsternis abwärts, wo, tief unter uns, die Buchenfeuer schimmerten – kleine Flämmchen, die der Nacht Größe und Wirklichkeit verliehen.

Palitlum seufzte und schüttelte den Kopf. »Darum bin ich hier bei dir.«

Und er umfaßte die Flasche und mich mit einem Blick, der beredter war als Worte über den schamlosen Durst.

»Nein«, sagte ich und stellte die Flasche zwischen meine Knie. »Sprich nun von Ligoun. Über den ›Three Star‹ können wir später reden.«

»Es ist genug da, und ich bin nicht müde«, verteidigte er seine Sache dreist. »Laß es mich nur auf meinen Lippen fühlen, dann werde ich große Worte von Ligoun und seinen letzten Tagen sprechen.«

»Dem, der es trinkt, nimmt es die Stärke,« spottete ich, »und den Mann, der nicht müde ist, beschwert es, daß er in Schlaf sinkt.«

»Du bist klug«, antwortete er ohne Zorn und ohne Stolz. »Wie alle deine Brüder bist du klug. Ob du wachst oder schläfst, immer ist der ›Three Star‹ bei dir, und doch habe ich dich nie zu lange oder zu viel trinken sehen. Und unterdessen sammelst du das Gold, das in unsern Bergen ruht, und die Fische, die in unsern Seen schwimmen, und Palitlums Brüder graben das Gold für dich und fangen die Fische und werden froh, wenn du es in deiner Klugheit für richtig hältst, daß der ›Three Star‹ unsere Lippen befeuchtet.«

»Ich denke, ich sollte von Ligoun hören«, sagte ich ungeduldig. »Die Nacht wird nur kurz sein, und wir haben morgen eine beschwerliche Reise vor uns.« Ich gähnte und tat, als wollte ich mich erheben, aber Palitlum zeigte plötzlich Angst und begann schnell:

»In Ligouns alten Tagen war es sein Wunsch, daß Friede herrschen sollte zwischen den Stämmen. Als junger Mann aber war er der erste aller Krieger und Häuptling über die Kriegshäuptlinge der Inseln und Pässe gewesen. Alle seine Tage hatte Kampf erfüllt. Er konnte mit mehr Narben von Knochen und Blei und Eisen prahlen, als irgendein Mann. Drei Frauen hatte er und mit jeder Frau zwei Söhne, und die

Söhne, der älteste wie der jüngste, fielen alle im Kampfe an seiner Seite. Ruhelos wie ein Adler schweifte er weit umher – nach Norden bis Unalaska und an das Seichte Meer, nach Süden bis zu den Königin-Charlotte-Inseln. Ja, es hieß sogar, er wäre mit den Kakes nach dem fernen Puget Sund gezogen und hätte dort geholfen, ihre Brüder in ihren befestigten Häusern zu töten. Aber wie gesagt, in seinen alten Tagen wünschte er Frieden zwischen den Stämmen. Nicht, daß er furchtsam geworden wäre oder den Winkel hinterm Herde und den vollen Fleischtopf zu sehr geliebt hätte. Er tötete noch mit der wildesten Schlauheit und Blutgier, schnallte sich bei Hungersnot den Leib zusammen wie der Jüngste und trotzte den bitteren Meeren und der schwersten Reise wie der Stärkste. Aber wegen seiner vielen Taten und zur Strafe dafür holte ihn ein Kriegsschiff in dein Land, du Mann aus Boston, Haargesicht, und viele Jahre vergingen, bis er wiederkam, und ich war aufgewachsen und war etwas mehr als ein Knabe und etwas weniger als ein junger Mann. Und da Ligoun in seinem Alter kinderlos war, mochte er mich gern und schenkte mir von seiner Weisheit.

›Kämpfen ist gut, o Palitlum‹, sagte er. Doch nein, o Haargesicht, ich wurde damals noch nicht Palitlum genannt, ich hieß Olo, der Immer-Hungrige. Das Trinken kam später. ›Kämpfen ist gut,‹ sagte Ligoun, ›aber es ist töricht. Im Lande der Bostonmänner, das ich mit eigenen Augen sah, pflegen sie nicht miteinander zu kämpfen, und sie sind stark. Weshalb sie in ihrer Stärke gegen uns von den Inseln und Pässen gehen und wir wie Feuerrauch und Meeresnebel vor ihnen sind. Und deshalb sage ich, kämpfen ist gut, sehr gut, aber es ist auch töricht.‹ Und deshalb ließ Ligoun, obwohl er stets der erste unter den Kriegern war, seine Stimme immer am lautesten für den Frieden erklingen. Und als er sehr alt war, gab er, der größte der Häuptlinge und der reichste der Männer, einen Schmaus. Nie hatte es einen solchen Schmaus gegeben. Fünfhundert Kanus lagen in einer Reihe am Flußufer, und in jedem Kanu kamen nicht weniger als zehn Männer und Frauen. Acht Stämme waren da; vom ersten und ältesten Mann bis zum letzten und jüngsten Kind waren sie da. Und es kamen

Männer von fernen Stämmen, große Wanderer und Pfadfinder, die von Ligouns Schmaus gehört hatten. Und volle sieben Tage hindurch füllten sie ihre Bäuche mit seinem Essen und Trinken. Achttausend Decken gab er ihnen, wie ich genau weiß, denn wer hätte sie gezählt und nach Rang und Stand ausgeteilt, wenn nicht ich? Und als alles vorbei war, war Ligoun ein armer Mann; aber sein Name lebte auf aller Menschen Lippen, und andere Häuptlinge knirschten mit den Zähnen vor Neid, weil er so groß war.

Und dann rief er, dessen Worte jetzt gewichtig waren, zum Frieden. Und er reiste zu allen Schmausen, Festen und Stammesversammlungen, um zum Frieden zu raten. Und so kam es, daß wir, Ligoun und ich, zusammen zu dem großen Fest reisten, das Niblack, der Häuptling der Flußindianer am Skoot, nicht weit von Stickeen, gab. Es war in Ligouns letzten Tagen, und er war sehr alt und dem Tode sehr nahe. Er hustete von dem kalten Wetter und dem Rauch des Lagers, und oft floß ihm das rote Blut aus dem Munde, so daß wir dachten, er würde auf der Stelle sterben.

›Nein,‹ sagte er einmal bei einer solchen Gelegenheit, ›es wäre besser, ich stürbe, wenn das Blut vom Messer flösse und es von Stahl klirrte und von Pulver röche und die Männer laut über das kalte Eisen und das schnelle Blei riefen.‹ So war es klar, o Haargesicht, daß es sein Herz noch nach Kampf gelüstete.

Es ist sehr weit vom Chilkat bis zum Skoot, und wir waren viele Tage in den Kanus. Und während die Männer sich über die Paddeln beugten, saß ich zu Ligouns Füßen und lernte das Gesetz. Es hätte wenig Zweck für mich, wenn ich das Gesetz aufsagte, o Haargesicht, denn ich bin mir wohl bewußt, daß du in dieser Beziehung gut Bescheid weißt. Aber ich spreche von dem Gesetz, das Blut um Blut und Rang um Rang heischt. Und Ligoun ging den Dingen auf den Grund und sagte:

›Aber dies sollst du wissen, o Olo, daß es nur wenig Ehre ist, einen Mann zu töten, der geringer ist als du selber. Töte stets einen Mann, der größer ist, und deine Ehre wird wachsen im Verhältnis zu seiner Größe. Tötest du aber von zwei

Männern den Geringeren, so bedeckst du dich mit Schande, und selbst die Squaws werden sich über dich lustig machen. Wie ich sage: Friede ist gut; aber denke wohl daran, o Olo, mußt du töten, so töte nach dem Gesetz.‹

So ist die Sitte beim Thlinket-Volk«, beteuerte Palitlum entschuldigend.

Und ich gedachte der Revolverhelden und Bösewichter in meinem eigenen westlichen Lande und war nicht erstaunt über die Sitte des Thlinket-Volkes.

»Nach einiger Zeit«, fuhr Palitlum fort, »kamen wir zum Häuptling Niblack und den Skoots. Es war ein Fest, fast so groß wie Ligouns Schmaus. Da waren wir vom Chilkat und die Sitkas und Stickeens, die Nachbarn der Skoots, und die Wrangels und Hoonahs. Und es waren Leute da vom Sonnenuntergangsstamm und Tahkos von Port Houghton und deren Nachbarn, die Awsk vom Douglas-Kanal, Leute vom Naaßfluß und Tongas nördlich vom Dixon und Kakes von der Kupreanow genannten Insel. Dann waren Siwashs von Vancouver da, Cassiars von den Goldbergen, Teslin-Männer und sogar Sticks vom Yukonlande.

Es war eine mächtige Versammlung. Aber als Hauptsache sollte eine Zusammenkunft der Häuptlinge bei Niblack stattfinden, bei der alle Feindschaft in Quaß ertränkt wurde. Die Russen hatten uns gelehrt, Quaß zu bereiten, wie mein Vater mir erzählt hat, und er hatte es wieder von seinem Vater gehört. Aber diesem Quaß hatte Niblack eine Menge Dinge zugesetzt, wie zum Beispiel Zucker, Mehl, getrocknete Äpfel und Malz, so daß es ein Getränk für einen Mann war, stark und gut. Nicht so gut wie der ›Three Star‹, o Haargesicht, aber immerhin gut.

Das Quaßfest war für die Häuptlinge und allein für die Häuptlinge, und es waren ihrer an zwanzig. Aber Ligoun war sehr alt und sehr groß, und es wurde daher gestattet, daß ich ihn begleitete, damit er sich auf meine Schulter stützen konnte, und damit ich ihm helfen konnte, wenn er sich setzte und wenn er aufstand. An der Tür von Niblacks Hause, das aus Baumstämmen erbaut und sehr groß war, legte jeder Häuptling, wie Sitte und Brauch es geboten, Speer oder Büchse und

Messer ab. Denn du weißt, o Haargesicht, daß starker Trunk hitzig macht und alten Haß aufflammen läßt. Aber ich bemerkte, daß Ligoun zwei Messer bei sich hatte; das eine ließ er vor der Tür liegen, das andere steckte er unter seine Decke, so daß er es leicht fassen konnte. Die andern Häuptlinge taten dasselbe, und ich war besorgt, was geschehen würde. Die Häuptlinge setzten sich in einem großen Kreise rings im Raum. Ich stand neben Ligouns Ellbogen. In der Mitte stand das Quaßfaß und daneben ein Sklave, um das Getränk einzuschenken. Zuerst hielt Niblack eine Rede, scheinbar mit großer Freundschaft und vielen schönen Worten. Dann gab er ein Zeichen, und der Sklave füllte einen Becher mit Quaß und reichte ihn Ligoun, wie es sich ziemt, denn er hatte den höchsten Rang.

Ligoun leerte ihn bis auf den letzten Tropfen, und ich gab ihm meine Kraft, so daß er auf die Beine kommen und auch eine Rede halten konnte. Er hatte freundliche Worte für all die vielen Stämme, sprach von Niblacks Größe, daß er ein solches Fest gab, riet zum Frieden, wie er zu tun pflegte, und sagte schließlich, daß der Quaß ausgezeichnet sei. Hierauf trank Niblack, denn er war der nächste im Range nach Ligoun, und nach ihm ein Häuptling nach dem andern, alle in der richtigen Reihenfolge und Ordnung. Und jeder von ihnen sprach freundliche Worte, bis alle getrunken hatten, und alle sagten, daß der Quaß gut sei. Sagte ich alle? Nein, nicht alle, o Haargesicht. Denn der letzte von ihnen war ein magerer, katzenartiger Mann mit jungem Gesicht und schnellem, kühnem Blick, der mit finsterer Miene trank, auf den Boden spie und kein Wort sprach.

Nicht zu sagen, daß der Quaß gut sei, war eine Beleidigung, ihn auszuspeien, war schlimmer als eine Beleidigung. Und gerade das tat er. Er war bekannt als Häuptling der Sticks am Yukon, aber sonst wußte man nichts von ihm.

Wie gesagt, es war eine Beleidigung. Aber beachte es wohl, o Haargesicht, es war eine Beleidigung nicht gegen Niblack, den Festgeber, sondern gegen den Vornehmsten im Range, der mit ihnen im Kreise saß. Und das war Ligoun. Kein Laut war zu hören.

Alle Augen wandten sich auf Ligoun, um zu sehen, was er täte. Er rührte sich nicht. Seine welken Lippen zitterten nicht, um zu sprechen; weder bebten seine Nasenflügel, noch schloß sich sein Augenlid. Aber ich bemerkte, daß er blaß und grau aussah, wie ich es bei alten Männern an trüben Morgen gesehen habe, wenn Hungersnot herrschte, die Frauen jammerten und die Kinder wimmerten und es kein Fleisch gab und keine Aussicht auf Fleisch war. So wie die alten Männer dann aussahen, so sah Ligoun aus.

Nicht ein Laut war zu hören. Es war wie ein Kreis von Toten, aber jeder Häuptling fühlte unter seiner Decke nach, um sich zu vergewissern, und maß seine Nachbarn rechts und links von der Seite mit den Augen. Ich war ein halbwüchsiger Knabe; der Dinge, die ich gesehen hatte, waren nur wenige; doch ich wußte, daß dies einer der Augenblicke war, die man nur einmal in seinem ganzen Leben erlebt. Der Stick stand auf, während alle Augen sich auf ihn hefteten, und schritt quer durch den Raum, bis er vor Ligoun stand.

›Ich bin Opitsah, das Messer‹, sagte er.

Aber Ligoun sagte nichts, sah ihn auch nicht an, sondern starrte nur, ohne zu blinzeln, auf den Boden.

›Du bist Ligoun‹, sagte Opitsah. ›Du hast viele Männer getötet. Ich bin noch am Leben.‹

Und immer noch sagte Ligoun nichts, aber er machte mir ein Zeichen, erhob sich mit meiner Hilfe und stand aufrecht auf seinen beiden Füßen. Er war wie eine alte Kiefer, nackt und grau, aber immer noch Frost und Sturm die Stirn bietend. Seine Augen blinzelten nicht, und wie er Opitsah nicht gehört zu haben schien, so schien er ihn auch nicht zu sehen.

Und Opitsah war wahnsinnig vor Wut und tanzte steifbeinig vor ihm, wie Männer tun, wenn sie einem anderen Schande bereiten wollen. Und Opitsah sang ein Lied von seiner eigenen und seines Volkes Größe, voll von schlimmen Worten über die Chilcats und Ligoun. Und während Opitsah tanzte und sang, warf er seine Decke ab und zog mit seinem Messer schimmernde Kreise vor Ligouns Gesicht. Und das Lied, das er sang, war das Messerlied.

Und sonst war nichts zu hören, nur der Gesang Opitsahs, und der Kreis der Häuptlinge war wie tot, nur daß das Blitzen des Messers glimmendes Feuer aus ihren Augen zu ziehen schien. Und auch Ligoun war ganz still. Wohl wußte er, daß er sterben sollte, aber er war unerschrocken. Und das Messer kreiste näher und immer näher vor seinem Gesicht, aber seine Augen blinzelten nicht, und er schwankte nicht nach rechts oder links, nicht hierhin und nicht dorthin.

Und Opitsah stieß mit dem Messer, so, zweimal in Ligouns Stirn, und das rote Blut schoß hervor. Und da gab Ligoun mir ein Zeichen, ihn mit meiner Jugend zu stützen, so daß er gehen könnte. Und er lachte mit großer Verachtung Opitsah, dem Messer, gerade ins Gesicht. Und er fegte Opitsah beiseite, wie man einen niedrig hängenden Zweig beiseitefegt und weitergeht.

Und ich erkannte und verstand, denn es war nur Schande, Opitsah vor den Augen von zwanzig großen Häuptlingen zu töten. Ich erinnerte mich des Gesetzes und wußte, daß Ligoun im Sinne hatte, nach dem Gesetz zu töten. Und wer war von gleich hohem Range wie er selbst, außer Niblack? Und auf Niblack schritt er zu, auf meinen Arm gestützt. Und an seinen anderen Arm klammerte Opitsah sich und stieß immer wieder zu, aber er war zu gering, als daß ein so großer Mann sich die Hände mit seinem Blute besudelt hätte. Und obwohl ihn Opitsahs Messer immer wieder traf, achtete Ligoun nicht darauf und zuckte nicht. Und auf diese Weise gingen wir drei quer durch den Raum, wo Niblack in seine Decke gehüllt saß und unser Kommen fürchtete.

Und jetzt flammte der alte Haß auf, und vergessener Groll ward wieder lebendig. Lamuk, ein Kake, hatte einen Bruder gehabt, der in dem heimtückischen Wasser des Stickeen ertrunken war, und die Stickeens hatten keine Decken für ihr heimtückisches Wasser bezahlt, wie es der Brauch war. Daher stieß Lamuk sein langes Messer dem Stickeen Klok-Kutz gerade ins Herz. Und Katchahook gedachte eines Streites, den das Naaßfluß-Volk mit den Tongas nördlich vom Dixon gehabt hatte, und er tötete den Häuptling der Tongas mit einer Pistole, die viel Lärm machte. Und der Blutdurst ergriff alle Männer im Kreise, und Häuptling tötete Häuptling oder wurde getötet, wie der Zufall es wollte. Und sie stachen und schossen auf Ligoun, denn der, der ihn tötete, mußte großen Ruhm gewinnen und unvergessen bleiben wegen dieser Tat. Und sie umzingelten ihn wie Wölfe einen Elch, aber es waren ihrer so viele, daß sie sich im Wege standen und sich gegenseitig töteten, um Platz zu bekommen. Und es herrschte große Verwirrung.

Aber Ligoun ging langsam, ohne Eile, als hätte er noch viele Jahre vor sich, so sicher schien er seiner Beute. Und wie er ging, trafen ihn Messer, und er war rot von Blut. Und obwohl niemand nach mir zielte, der ich ein reiner Knabe war, so fanden die Messer mich doch, und die heißen Kugeln brannten mich. Und immer noch lehnte sich Ligoun auf meine Jugend, und Opitsah stieß nach ihm, und wir drei schritten vorwärts. Und als wir vor Niblack standen, fürchtete er sich und bedeckte sich den Kopf mit seiner Decke. Die Skoots waren immer Feiglinge. Goolzug und Kadishan, der eine ein Fischesser, der andere ein Fleischtöter, gingen aufeinander los, um der Ehre ihrer Stämme willen. Und sie rasten wie toll umher, und während ihres Kampfes prallten sie gegen Opitsahs Knie, daß er zu Boden geworfen und unter ihre Füße getreten wurde. Und ein Messer, das durch die Luft zischte, traf Skulpin von den Sitkas in den Hals:, er schlug blind mit den Armen um sich, wankte und riß mich im Fallen mit. Und als ich am Boden lag, sah ich, wie Ligoun sich über Niblack beugte, ihm die Decke vom Kopfe zog und sein Gesicht gegen das Licht drehte, und Ligoun hatte keine Eile. Da sein eigenes Blut ihn blendete, strich er es sich mit dem Handrücken aus den Augen, damit er sah und seiner Sache sicher war. Dann zog er ihm das Messer quer durch die Kehle, und dann stand Ligoun aufrecht da, sang sein Totenlied und schwankte leise vor sich zurück. Und Skulpin, der mich zu Boden gerissen hatte:, schoß von der Stelle aus, wo er lag, mit einer Pistole, und Ligoun wankte und fiel wie eine alte Kiefer im Sturm.«

Palitlum schwieg. Seine düster glühenden Augen waren auf das Feuer geheftet.

»Und du, Palitlum?« fragte ich. »Und du?«

»Ich? Ich gedachte des Gesetzes, und ich tötete Opitsah, das Messer, und das war gut. Und ich zog Ligouns eigenes Messer aus Niblacks Kehle und tötete Skulpin. Und da Ligoun tot war, brauchte er meine Jugend nicht mehr, und ich stieß um mich mit seinem Messer und wählte die Vornehmsten, die noch übrig waren.«

Palitlum suchte unter seinem Hemd, zog eine perlenverzierte Scheide und aus der Scheide ein Messer hervor. Es war ein selbstverfertigtes Messer, roh aus einer Säge hergestellt.

»Ligouns Messer?« fragte ich, und Palitlum nickte. »Und für Ligouns Messer«, sagte ich, »will ich dir zehn Flaschen ›Three Star‹ geben.«

Aber Palitlum sah mich langsam an. »Haargesicht, ich bin schwach wie Wasser und leicht wie ein Weib. Ich habe meinen Bauch besudelt mit Quaß und Hooch und ›Three Star‹. Meine Augen sind schlaff, meine Ohren haben ihre Schärfe verloren, und meine Kraft ist zu Fett geworden. Und ich bin ohne Ehre heute und werde Palitlum, der Säufer, genannt. Dennoch gewann ich Ehre beim Schmause Niblacks am Skoot, und die Erinnerung hieran wie die Erinnerung an Ligoun ist mir teuer. Und wenn du selbst das Meer zu ›Three Star‹ verwandelst und sagtest, ich sollte alles für das Messer haben, so würde ich doch das Messer behalten. Ich bin Palitlum, der Säufer, aber einmal war ich Olo, der Immer-Hungrige, der Ligoun mit seiner Jugend stützte!«

»Du bist ein großer Mann, Palitlum,« sagte ich, »und ich ehre dich.«

»Der ›Three Star‹ zwischen deinen Knien sei mein für die Geschichte, die ich dir erzählt habe«, sagte er. Und als ich auf die Felswand hinter uns blickte, sah ich dem Schatten eines riesigen menschlichen Körpers unter dem einer mächtigen umgekehrten Flasche.

Li Wan, die Schöne

Die Sonne sinkt, Canim, und die Hitze des Tages ist vorbei!« So rief Li Wan ihrem Manne zu, dessen Kopf in dem Eichhörnchenfellgewand verborgen war, aber sie rief es so leise, als wankte sie zwischen der Pflicht, ihn zu wecken, und der Furcht vor ihm, wenn er erwachte. Denn sie fürchtete ihren großen Gatten, der keinem der Männer glich, die sie je gekannt hatte.

Das Elchfleisch prasselte unruhig über dem Feuer, und sie stellte die Bratpfanne neben die rote Glut. Dabei warf sie einen vorsichtigen Blick auf die beiden Hudsonbuchthunde, von deren scharlachroten Zungen gierig der Geifer troff und die jeder ihrer Bewegungen folgten. Es waren mächtige zottige Gesellen, die auf der vom Winde geschützten Seite des Feuers in dem dünnen Rauch zusammengekauert waren, um den schwärmenden Myriaden von Moskitos zu entgehen. Als Li Wan den Hang hinabblickte, dorthin, wo der Klondike seine angeschwollenen Fluten zwischen den steilen Ufern dahinwälzte, schlängelte sich einer der Hunde wie ein Wurm vorwärts und warf mit einem gewandten, katzenartigen Pfotenschlag ein Stück des heißen Fleisches auf den Boden. Aber Li Wan ergriff ihn auf frischer Tat und gab ihm mit einem Holzscheit einen Schlag über die Schnauze, daß er schnappend und knurrend zurücksprang.

»Nein, Olo«, lachte sie und hob das Fleisch auf, ohne ihn aus den Augen zu lassen. »Du bist immer hungrig, und dann bringt deine Nase dich in endlose Unannehmlichkeiten.«

Aber Olos Kamerad gesellte sich zu ihm, und gemeinsam boten sie der Frau Trotz. Die Haare sträubten sich ihnen auf Rücken und Schultern, sie verzerrten und fletschten die dünnen Lippen und entblößten die grausam drohenden Fleischfresser-Fangzähne. Selbst ihre Nasen zuckten und wanden sich wie die wilden Bestien, und sie knurrten wie Wölfe mit all dem Haß und der ganzen Bosheit ihrer Rasse, bereit, sich auf die Frau zu stürzen und sie zu Boden zu reißen.

»Und du auch, Bash? Du bist so wild wie dein Herr und beugst dich nie der Hand, die dich füttert! Dies ist nicht deine Sache, darum nimm dies! Und das!«

Dies rufend, schlug sie mit dem Scheit nach ihnen, aber sie wichen den Schlägen aus, ohne sich zurückzuziehen. Sie trennten sich und näherten sich je von einer Seite, kriechend und knurrend. Li Wan rang mit dem Wolfshund um die Herrschaft seit der Zeit, da sie zwischen den Fellballen der Teepee herumgezottelt war, und sie wußte, daß eine Krisis bevorstand. Bash hatte haltgemacht, seine Muskeln strafften sich zum Sprunge; Olo kroch noch in Reichweite ihres Schlages.

Sie ergriff zwei qualmende Scheite an den verkohlten Enden und trat den Bestien entgegen. Die eine hielt sich zurück, aber Bash sprang zu, und ihre brennende Waffe traf ihn in der Luft. Ein scharfes Schmerzgeheul ertönte, und der Geruch von verbranntem Haar und Fleisch machte sich bemerkbar, während das Tier in den Schmutz rollte und die Frau ihm die schwelende Asche in den Rachen stieß. Wild schnappend warf er sich beiseite und suchte in fast wahnsinniger Furcht das Weite. Olo hatte schon seinen Rückzug begonnen, als Li Wan ihn an ihre Übermacht gemahnte, indem sie ihm ein schweres Holzscheit in die Rippen jagte. Unter einem Regen von Brennholz zog sich das Paar zurück und begann sich am Rande des Lagerplatzes, abwechselnd wimmernd und knurrend, die Wunden zu lecken.

Li Wan blies die Asche vom Fleisch und setzte sich wieder. Ihr Herz hatte nicht schneller geschlagen, sie war der Zwischenfälle gewohnt, sie gehörten mit zu ihrem täglichen Leben. Canim hatte sich bei dem Lärm nicht gerührt, sondern nur kräftig geschnarcht. »Komm, Canim!« rief sie. »Die Hitze des Tages ist entschwunden, und der Weg wartet auf uns.«

Das Eichhörnchenfell geriet in Bewegung und wurde durch einen braunen Arm beiseitegeworfen. Das Augenlid des Mannes zuckte und senkte sich wieder. »Seine Last ist schwer,« dachte sie, »und er ist noch müde von der Morgenarbeit.«

Ein Moskito stach sie in den Nacken, und sie betupfte sich die ungeschützte Stelle mit feuchtem Lehm aus einem

Klumpen, den sie immer zur Hand hatte. Den ganzen Morgen hatten sich Mann und Frau, während sie sich, in eine Wolke dieser Pest eingehüllt, zur Wasserscheide hinaufgeschleppt hatten, mit dieser klebrigen Masse beschmiert, die in der Sonne trocknete und ihre Gesichter mit Lehmmasken bedeckte. Diese Masken sprangen an verschiedenen Stellen durch die Bewegung der Gesichtsmuskeln und mußten beständig erneuert werden, so daß der Niederschlag unregelmäßig stark und von seltsamem Aussehen war.

Li Wan schüttelte Canim sanft, aber anhaltend, bis er völlig erwachte und sich aufsetzte. Sein erster Blick galt der Sonne, und nachdem er die Himmelsuhr befragt hatte, beugte er sich über das Feuer und machte sich gierig über das Fleisch. Er war ein großer Indianer, volle sechs Fuß hoch, mit breiter Brust und schweren Muskeln, und seine Augen blickten kühner und zeugten von einer Geisteskraft, wie sie bei seiner Rasse selten ist. Linien, von Energie geprägt, hatten tiefe Furchen in sein Antlitz gegraben und ließen einen Mann erkennen, der gewohnt war, seinen Willen unerschütterlich durchzusetzen und Versuchen, ihn zu durchkreuzen, mit tückischer Grausamkeit zu begegnen.

»Morgen, Li Wan, werden wir ein Festessen haben.« Er saugte einen Markknochen aus und warf ihn den Hunden zu. »In Speck gebratene Pfannkuchen und, was noch besser schmeckt, Zucker ...«

»Pfannkuchen?« fragte sie, das Wort neugierig genießend.

»Ja,« antwortete Canim überlegen, »und ich werde dir neue Kochkünste beibringen. Die Dinge, von denen ich spreche, kennst du nicht und vieles andre auch nicht. Du hast deine Tage in einem kleinen entlegenen Winkel verlebt und weißt nichts. Ich aber,« er richtete sich auf und blickte sie stolz an, »ich bin ein großer Wanderer und war überall, selbst unter den Weißen, und ich kenne ihre Gebräuche und die vieler anderer Völker. Ich bin kein Baum, der immer auf demselben Platze steht und nicht weiß, was hinter dem nächsten Hügel liegt; ich bin Canim, das Kanu, geschaffen, hierhin und dorthin zu wandern und die Welt der Länge und Breite nach zu durchreisen und zu durchforschen.«

Sie neigte demütig ihr Haupt. »Es ist wahr. Ich habe all meine Tage Fisch, Fleisch und Beeren gegessen und in einem kleinen Winkel gelebt. Ich ließ mir nicht träumen, daß die Welt so groß war, bis du mich meinem Volke entführtest und ich auf endlosen Wegen für dich kochte und Lasten trug.« Sie sah plötzlich zu ihm auf. »Sag mir, Canim, hat dieser Weg nie ein Ende?«

»Nein«, antwortete er. »Mein Weg gleicht der Welt, er endet nie. Mein Weg ist die Welt, ich befahre ihn, seit meine Füße mich tragen konnten, und ich werde ihn wandern, bis ich sterbe. Mein Vater und meine Mutter sind vielleicht tot – es ist lange her, seit ich sie sah –, aber ich mache mir nichts daraus. Mein Stamm ist wie der deine. Er bleibt auf demselben Fleck, weit von hier, aber ich mache mir nichts aus meinem Stamm, denn ich bin Canim, das Kanu!«

»Und muß ich, Li Wan, so müde ich bin, immer deinen Weg wandern, bis ich sterbe?«

»Du, Li Wan, bist mein Weib, und das Weib wandert den Weg des Gatten, wohin er auch führt. So ist das Gesetz. Und wäre es nicht so, so würde es doch Canims Gesetz sein, der sich selbst und den Seinen die Gesetze gibt.«

Wieder neigte sie ihr Haupt, denn sie kannte kein anderes Gesetz, als daß der Mann Herr des Weibes sei.

»Beeile dich nicht«, warnte er sie, als sie die spärlichen Ausrüstungsgegenstände in ein Bündel zusammenzuschnüren begann. »Die Sonne brennt noch heiß, der Weg führt bergab und ist gut.«

Sie ließ gehorsam von ihrer Arbeit und setzte sich wieder.

Canim betrachtete sie mit forschenden Blicken. »Du kauerst nicht nieder wie andere Frauen?« bemerkte er.

»Nein«, sagte sie. »Es ermüdet mich, und ich kann, in der Stellung nicht ausruhen.«

»Und warum zeigen deine Füße nicht geradeaus?«

»Das weiß ich nicht. Ich weiß nur, daß sie anders als die Füße unserer Frauen sind.«

Ein zufriedenes Leuchten blitzte in seinen Augen auf, sonst aber gab er kein Zeichen.

»Gleich dem anderer Frauen ist dein Haar schwarz; aber weißt du, daß es weich und fein ist, weicher und feiner als das anderer Frauen?«

»Ich habe es bemerkt«, erwiderte sie kurz, denn sie war verwirrt von einer solchen kalten Erwähnung ihrer weiblichen Mängel.

»Es ist jetzt ein Jahr her, seit ich dich deinem Volke entführte,« fuhr er fort, »und du bist noch beinahe ebenso scheu und furchtsam vor mir wie damals, als meine Augen zum ersten Male auf dir ruhten. Woher kommt das?«

Li Wan schüttelte den Kopf. »Ich fürchte mich vor dir, Canim, du bist so stark und fremd. Und dann: Bevor du deine Blicke auf mich warfst, fürchtete ich mich vor allen jungen Leuten. Ich weiß nicht ... ich kann nicht sagen ... aber mir scheint, ich weiß nicht wieso, als wäre ich nicht für sie geschaffen, als wäre ich ...«

»Nun?« ermutigte er sie, ungeduldig über ihr Stocken.

»Als wären sie nicht von meiner Art.«

»Nicht von deiner Art?« fragte er langsam.

»Ich weiß nicht, ich ...« Sie schüttelte verwirrt den Kopf. »Ich kann nicht in Worte kleiden, was ich empfand. Es war ein Gefühl von Fremdheit in mir. Ich war anders als andere Mädchen, die die jungen Männer im geheimen aufsuchten. Ich konnte mir nichts aus den jungen Männern auf diese Weise machen. Es schien mir, als würde es ein großes Unrecht, eine schlechte Handlung sein.«

»Was ist deine früheste Erinnerung?« fragte Canim plötzlich ohne Übergang.

»Pow-Wah-Kaan, meine Mutter.«

»Und nichts vor Pow-Wah-Kaan?«

»Nichts.«

Aber Canim hielt ihren Blick mit dem seinen fest, suchte im Innersten ihrer Seele und sah sie schwanken.

»Denk' nach, denk' scharf nach, Li Wan!« drohte er. Sie stammelte, und ihre Augen flehten um Mitleid, aber sein Wille beherrschte sie und entrang die Worte ihrem widerstrebenden Munde.

»Aber es waren nur Träume, Canim, böse Träume meiner Kindheit, Schatten unwirklicher Dinge, Gesichte, ähnlich wie Hunde sie wimmernd sehen, wenn sie in der Sonnenhitze schlafen.«

»Erzähle von diesen Dingen!« befahl er.

»Es sind vergessene Gedanken«, wandte sie ein. »Als Kind träumte ich wach, die offenen Augen dem Tage zugewandt, und wenn ich von den seltsamen Dingen sprach, die ich sah, lachte man mich aus, und die andern Kinder fürchteten sich und zogen sich vor mir zurück. Und wenn ich von dem, was ich sah, zu Pow-Wah-Kaan sprach, so schalt sie mich aus und sagte, es sei häßlich; sie schlug mich auch deswegen. Es war eine Krankheit, glaube ich, wie die Fallsucht, die alte Männer befällt, und allmählich ging es mir besser, und ich träumte nicht mehr. Und jetzt ... kann ich mich nicht mehr darauf besinnen,« – sie hob verwirrt die Hand an die Stirn – »hier irgendwo stecken sie, aber ich kann sie nicht finden, nur ...«

»Nur«, wiederholte Canim und hielt sie fest.

»Nur eines. Aber du wirst über meine Torheit lachen, es ist so unwahrscheinlich.«

»Nein, Li Wan. Träume sind Träume. Sie mögen Erinnerungen an andere Leben sein, die wir lebten. Ich war einst ein Elch. Ich glaube ganz fest, daß ich einst ein Elch war, wenn ich daran denke, was ich in Träumen gesehen und gehört habe.«

So sehr er sich auch bemühte, sie zu verbergen, offenbarte sich doch eine immer wachsende Ängstlichkeit, aber Li Wan, die nach Worten suchte, in die sie ihre Gedanken kleiden konnte, bemerkte es nicht.

»Ich sehe einen Platz mit festgestampftem Schnee zwischen den Bäumen«, begann sie, »und im Schnee die Fährte eines Mannes, der sich schwer auf Händen und Füßen weiterschleppt. Und ich sehe auch den Mann im Schnee, und wenn ich ihn sehe, scheint es mir, als sei ich ihm ganz nahe. Er sieht nicht so aus wie andere Männer, denn er hat Haar im Gesicht, viel Haar; und das Haar auf seinem Gesicht und seinem Kopf ist gelb wie das Sommerkleid eines Wiesels. Seine Augen sind geschlossen, aber sie öffnen sich und suchen umher. Sie sind blau wie der Himmel und. schauen in die meinen und suchen nicht mehr. Und seine Hand bewegt sich langsam wie in großer Schwäche, und ich fühle ...«

»Nun«, flüsterte Canim heiser. »Du fühlst ...?«

»Nein, nein!« schrie sie hastig. »Ich fühle nichts. Sagte ich ›fühle‹? Ich meinte es nicht. Es kann nicht sein, daß ich es fühlte. Ich sehe und sehe nur, und alles, was ich sehe, ist – ein Mann im Schnee, mit Augen wie der Himmel und Haaren wie das Wiesel. Ich sah es oft und immer dasselbe – einen Mann im Schnee – – –«

»Und siehst du dich selber?« fragte er, indem er sich vorbeugte und sie fest anblickte. »Siehst du je dich selber und den Mann im Schnee?«

»Warum sollte ich mich sehen? Bin ich nicht wirklich?« Seine Muskeln erschlafften, und er ließ sich zurücksinken, mit großer Befriedigung in den Augen, die er von ihr wandte, damit sie sie nicht sähe.

»Ich will dir etwas sagen, Li Wan!« sprach er mit Entschiedenheit. »In einem früheren Leben, als du dies sahst, warst du ein Vögelchen, und die Erinnerung hieran lebt noch in dir. Das ist nicht seltsam. Ich war einst ein Elch, und meines Vaters Vater wurde ein Bär nach seinem Tode – – so sagte der Schamane, und der Schamane lügt nicht. So gleiten wir von Leben zu Leben auf den Pfaden der Götter, und nur die Götter wissen und verstehen. Träume und Schatten von Träumen sind Erinnerungen, nichts weiter, und der Hund, der in der Sonnenhitze im Schlafe wimmert, erinnert sich zweifellos längst geschehener Dinge. Bash hier war einst ein Krieger. Ich glaube fest, daß er ein Krieger war.«

Canim warf dem Tiere einen Knochen zu und erhob sich. »Komm, laß uns aufbrechen. Es ist noch heiß, aber es wird nicht kühler werden.«

»Und diese Weißen, wie sind sie?« fragte Li Wan plötzlich.

»Sie sind wie du und ich,« erwiderte er, »nur ist ihre Haut heller. Ehe der Tag stirbt, wirst du bei ihnen sein.«

Canim band seinen Schlafsack an seinen anderthalb Zentner schweren Packen, strich das Gesicht mit nassem Lehm und setzte sich, um sich auszuruhen, bis Li Wan die Hunde beladen hatte. Olo kroch beim Anblick des Knüttels in ihrer Hand zusammen und machte keine Schwierigkeiten, als ihm das vierzig Pfund schwere Bündel auf den Rücken geschnallt wurde. Bash jedoch war gekränkt und schlechter Laune und wimmerte und knurrte, als die Last ihm aufgeladen wurde. Er krümmte den Rücken, fletschte die Zähne, als Li Wan die Riemen anzog, während die ganze Heimtücke seiner Natur aus seinen Blicken blitzte, die er ihr von der Seite zuwarf. Und Canim lachte. »Hab' ich nicht gesagt, daß du einst ein großer Krieger warst?«

»Diese Felle werden einen guten Preis bringen«, bemerkte er, indem er sich den Kopfriemen zurechtrückte und seinen Packen vom Boden aufhob. »Einen großen Preis. Die weißen Männer zahlen gut für solche Ware, denn sie haben keine Zeit, zu jagen, und sind zu empfindlich gegen die Kälte. Bald werden wir Festschmaus halten, Li Wan, wie noch nie in allen deinen früheren Leben.«

Sie murmelte ihre Anerkennung für die Leutseligkeit ihres Herrn, schlüpfte ins Geschirr und beugte sich unter der Last vorwärts.

»Das nächste Mal möchte ich als weißer Mann zur Welt kommen«, fügte er hinzu und schwang sich den Weg hinab, der in die Schlucht zu seinen Füßen mündete.

Die Hunde folgten ihm rasch auf den Fersen, und Li Wan schloß den Zug. Aber ihre Gedanken waren weit fort, jenseits der Gletscher im Osten, an dem kleinen Fleckchen Erde, wo sie ihre Kindheit verlebt hatte. Als Kind schon, dessen erinnerte sie sich wohl, hatte man sie stets als etwas Merkwürdiges angesehen, wie eine, die von einem Leid heimgesucht war. Tatsächlich hatte sie wachend geträumt und war gescholten und geschlagen worden wegen der seltsamen Gesichte, die sie hatte, bis sie ihnen mit der Zeit entwachsen war. Aber nicht ganz. Wenn sie sie auch nicht mehr im Wachen beunruhigten, so kamen sie doch, so erwachsen sie auch war, im Schlafe zu ihr, und manche Nacht wurde sie von diesem, von flatternden Gestalten erfüllten, unbestimmten, sinnlosen Alp bedrückt. Das Gespräch mit Canim hatte sie angeregt, und den ganzen

Weg, den unebenen Hang der Wasserscheide hinab, lauschte sie den neckischen Phantasien ihrer Träume.

»Wir wollen uns verschnaufen«, sagte Canim, als sie die Hälfte des Weges zurückgelegt und das Bett des Hauptflusses erreicht hatten.

Er stützte seinen Packen auf einen Felsvorsprung, streifte den Kopfriemen ab und ließ sich nieder. Li Wan folgte seinem Beispiel, und die Hunde streckten sich keuchend aus. Zu ihren Füßen rauschte die eisige Flut der Berge, aber sie war schmutzig und mißfarben, als ob jemand die Erde aufgewühlt und das Wasser dadurch verunreinigt hätte.

»Woher kommt das?« fragte Li Wan.

»Weil die Weißen in der Erde arbeiten. Hörst du?« Er hob die Hand, und sie hörten den Klang von Hacke und Spaten und den Ton menschlicher Stimmen. »Sie sind verrückt nach Gold und arbeiten unablässig, um es zu finden. Gold? Das ist etwas Gelbes, wird in der Erde gefunden und gilt als sehr wertvoll. Es dient auch als Wertmesser.«

Aber Li Wans umherschweifende Blicke hatten ihre Aufmerksamkeit von ihm abgelenkt. Einige Schritte weiter abwärts, halb verborgen hinter einer Gruppe junger Tannen, erhoben sich die Querbalken und das vorspringende Dach einer Hütte. Ein Schauer durchrieselte sie, und all ihre Traumgesichte erhoben sich und regten sich unruhig.

»Canim,« flüsterte sie in Angst und Qual, »Canim, was ist das?«

»Das Zelt des weißen Mannes, in dem er ißt und schläft.«

Sie betrachtete es schweigend, übersah seine Vorzüge mit einem Blick und zitterte wieder bei den unerklärlichen Gefühlen, die es in ihr wachrief. »Es muß sehr warm bei Frostwetter sein«, sagte sie laut, obgleich ihr war, als ob ihre Lippen fremdartige Laute bilden müßten.

Sie fühlte den Drang, sie zu sprechen, tat es aber nicht, und im nächsten Augenblick sagte Canim: »Es wird Hütte genannt.«

Ihr Herz sprang heftig. Das waren die Laute! Eben das! In plötzlichem Erschrecken sah sie sich um. Wie konnte sie dieses seltsame Wort kennen, ehe sie es noch gehört hatte?

Wie konnte das sein? Und dann wußte sie plötzlich, zwischen Furcht und Entsetzen schwankend, daß zum ersten Male in ihrem Leben Sinn und Bedeutung in dem gelegen hatte, was ihre Träume ihr zugeflüstert hatten.

»Hütte«, wiederholte sie bei sich. »Hütte ... Hütte.« Ein Gewirr undeutlicher Traumbilder wirbelte um sie auf, bis ihr der Kopf schwirrte und das Herz zu springen drohte. Schatten, ungewisse Gestalten und unverständliche Gedankenverbindungen flatterten und wirbelten durcheinander, und vergebens suchte sie sie in ihr Bewußtsein zu zwingen und festzuhalten. Denn sie fühlte, daß hier, in diesem Chaos von Erinnerungen, der Schlüssel des Geheimnisses lag; wenn sie ihn nur fassen und halten konnte, so mußte alles klar und verständlich werden –

O Canim! O Pow-Wah-Kaan! O Schatten und Phantome, was bedeutete das alles?

Sprachlos und zitternd wandte sie sich zu Canim. Sie war krank und halb ohnmächtig und konnte nur den berauschenden Tönen lauschen, die in wundersamem Rhythmus aus der Hütte drangen. In ihrer Ekstase erschien es ihr, als ob alles sich endlich klären müßte. »Jetzt! Jetzt!« dachte sie. Plötzlich wurden ihre Augen feucht, und Tränen rannen über ihre Wangen herab. Das Geheimnis erschloß sich, aber ihre Schwäche übermannte sie. Wenn sie sich nur noch lange genug aufrecht halten konnte! Wenn nur – – aber die Landschaft senkte und hob sich, und die Hügel schwankten am Himmel auf und nieder, als sie aufsprang und rief: »Väterchen! Väterchen!« Dann schwankte die Sonne, Finsternis schlug sie, und sie fiel kraftlos zwischen den Felsblöcken vornüber.

Canim überzeugte sich, daß ihr Hals nicht durch das schwere Bündel gebrochen war, brummte zufrieden und bespritzte sie mit Wasser aus dem Flusse. Langsam kam sie unter erstickendem Schluchzen zu sich und setzte sich auf.

»Was für ein Wunder! Das Gold, nach dem sie graben, ist etwas Großes«, erwiderte er. »Es ist das Größte in der Welt.«

Stundenlang wanderten sie durch dieses Chaos der Habgier, Canim eifrig und aufmerksam, Li Wan schwach und teilnahmslos. Sie wußte, daß sie am Rande der Enthüllung gewesen war, und fühlte, daß sie sich immer noch am Rande der Enthüllung befand: aber die Nervenerregung, die sie durchgemacht, hatte sie ermüdet, und sie wartete passiv auf das Ereignis, das eintreten mußte, ohne daß sie wußte, was es war. Überallher erfaßten ihre Sinne zahllose Eindrücke, und jeder einzelne wurde ihr zu einem wirren Anreiz ihrer erschöpften Einbildungskraft. Irgendwo aus ihrem Innern kam die Antwort auf die sie umgebenden Dinge, vergessene und ungeahnte Zusammenhänge wurden erneuert, und sie wurde dessen in einer schlaffen, gleichgültigen Weise gewahr, ihre Seele war verwirrt, aber sie war den geistigen Anforderungen nicht gewachsen, um die Dinge deuten und verstehen zu können. So trottete sie müde weiter hinter ihrem Herrn her und begnügte sich mit dem Bewußtsein, daß das, was sie erwartete, irgendwo und irgendwie einmal geschehen müsse.

Nachdem der Strom die wahnsinnige Sklaverei der Menschen erduldet hatte, kehrte er schließlich zu seiner alten Art zurück, jedoch völlig beschmutzt und getrübt von seiner Fron, und schlängelte sich träge zwischen den Niederungen und Wäldern dahin, zu denen sich das Tal in der Nähe der Mündung weitete. Hier führte der Boden kein Gold mehr, und die Männer hatten nicht Lust, sich weiterlocken zu lassen. Und hier war es, wo Li Wan, als sie stehenblieb, um Olo mit ihrem Stock anzutreiben, den weichen Silberklang eines Frauenlachens hörte.

Vor einer Hütte saß eine Frau mit schöner Haut und rosig wie ein Kind und lachte mit Grübchen in den Wangen über die Worte einer andern Frau in der Tür. Aber die sitzende Frau schüttelte die schwere Masse ihres schwarzen, nassen Haares, das unter der warmen Liebkosung der Sonne seine Feuchtigkeit verströmte.

Einen Augenblick blieb Li Wan wie angewurzelt stehen. Da sah sie ein blendendes Aufblitzen und fühlte ein Schnappen, als ob etwas nachgab. Darauf verschwanden die Frau vor der Hütte und die Hütte selbst, die hohen Fichten und der gezackte Horizont, und Li Wan sah eine andere Frau im Scheine einer andern Sonne, die die schwere Masse ihres schwarzen Haares bürstete und beim Bürsten sang. Und Li Wan hörte die Worte des Liedes und verstand sie und war wieder Kind. Sie hatte eine Erscheinung, in der all die verwirrenden Träume verschmolzen und eins wurden, und Gestalten und Schatten nahmen ihren gewohnten Platz ein, und alles wurde klar und deutlich und wirklich. Viele Bilder rollten vorbei, fremde Szenen und Bäume und Blumen und Menschen, und sie sah sie und kannte sie alle.

»Als du ein Vögelchen warst«, sagte Canim, und seine Augen bohrten sich in die ihren.

»Als ich ein Vögelchen war«, flüsterte sie so schwach und leise, daß er es kaum hörte. Und sie wußte, daß sie log, als sie den Kopf gegen den Riemen stemmte und weiterschritt.

Und so seltsam war alles, daß die Wirklichkeit jetzt unwirklich wurde. Die meilenweite Wanderung und das Aufschlagen des Lagers am Flußufer erschienen ihr wie ein Erlebnis in einem Nachtspuk. Sie kochte das Fleisch, fütterte die Hunde und lud die Packen ab wie im Traum und kam erst wieder zu sich, als Canim von seinen nächsten Reisen zu sprechen begann.

»Der Klondike mündet in den Yukon«, sagte er. »Das ist ein mächtiger Strom, größer als der Mackenzie, den du kennst. Dann gehen wir beide, du und ich, nach Fort Yukon hinab. Mit den Hunden im Winter sind es zwanzig Tagemärsche. Dann folgen wir dem Yukon nach Westen – hundert bis zweihundert Tage – ich habe nie genau gehört, wieviel es sind, aber es ist sehr weit. Und dann endlich kommen wir ans Meer. Du kennst das Meer nicht, so lasse mich denn davon erzählen: Wie ein See zu einer Insel, so verhält sich das Meer zum Festland. Alle Ströme fließen ihm zu, und es ist ohne Ende. Ich habe es an der Hudsonbucht gesehen, und ich werde es noch bei Alaska sehen. Und dann können wir in einem großen Kanu aufs Meer fahren, du und ich, Li Wan, oder wir können dem Lande viele hundert Tage südlich folgen. Und weiter weiß ich nichts mehr, außer, daß ich Canim, das Kanu, bin, der weit über die Erde wandert und schweift.«

Sie saß lauschend da, und Furcht schlich sich ihr ins Herz, als sie an die grenzenlose Wildnis dachte, in die sie sich stürzen sollte. »Es ist ein schwerer Weg« war alles, was sie sagte, während sie den köpf ergeben auf die Knie sinken ließ.

Und dann hatte sie einen prachtvollen Einfall, einen so wunderbaren, daß sie ganz Feuer und Flamme wurde. Sie schritt zum Flusse hinab und wusch sich den getrockneten Lehm vom Gesicht. Und als das Wasser wieder still geworden war, blickte sie lange auf das Spiegelbild ihrer Züge. Jedoch Sonne und Wetter hatten ihre Arbeit getan, und die Rauheit und der Bronzeton ihrer Haut zeigte nicht die Weichheit und die Grübchen eines Kindes. Aber der Einfall war doch prachtvoll, und als sie wieder neben ihren Gatten unter das Schlaffell kroch, war sie immer noch gleich freudig erregt. Wach lag sie da, starrte in den blauen Himmel hinauf und wartete darauf, daß Canim fest eingeschlafen wäre. Als dies geschehen war, kroch sie langsam und vorsichtig fort, stopfte das Schlaffell fest um ihn und stand auf. Als sie den zweiten Schritt tat, knurrte Bash wild. Sie sprach ihm flüsternd zu und blickte auf den Mann. Canim schnarchte tief. Da wandte sie sich um und eilte mit schnellen, geräuschlosen Schritten den Weg, den sie gekommen, zurück.

Frau Evelyn Van Wyck wollte sich gerade zu Bett begeben. Müde der Pflichten, die das Gesellschaftsleben, ihr Reichtum und ihr Witwentum ihr auferlegten, war sie nach dem Norden gereist und war darauf verfallen, sich in einer gemütlichen Hütte am Rande des Minenlagers häuslich niederzulassen. Mit Hilfe ihrer Freundin und Genossin Myrtle Giddings spielte sie ein erdnahes Leben und pflegte das Primitive mit einer Hingebung, die sie mit ihrer ganzen Verfeinerung würzte.

Sie war bestrebt, sich von den Generationen der überfeinsten Kultur loszureißen, und suchte die enge Verbindung mit der Erde, die ihre Vorfahren längst aufgegeben hatten. Auch geistig glaubte sie aufrichtig, sich der Art des Steinzeitmenschen zu nähern, und gerade jetzt, als sie ihr Haar für die Nacht aufsteckte, frönte sie ihrer Phantasie, indem sie sich eine paläologische Liebeswerbung vorstellte. Die Einzelheiten dieser Phantasie bestanden hauptsächlich aus Höhlenwohnungen und gespaltenen Markknochen, wilden Raubtieren, zottigen Mammuts und Kämpfen mit roh zugehauenen Feuersteinmessern. Aber die Erregung war bezaubernd. Und als Evelyn Van Wyck gerade durch die finsteren Laubengänge des Waldes vor den allzu glühenden Angriffen ihres niedrigstirnigen, fellbekleideten Verehrers floh, öffnete sich die Tür der Hütte, ohne daß jemand die Höflichkeit besessen hätte, anzuklopfen, und herein trat ein fellbekleidetes wildes Weib.

»Herrgott!«

Mit einem Sprunge, der einer Höhlenbewohnerin Ehre gemacht haben würde, landete Fräulein Giddings hinter dem Tische. Aber Frau Van Wyck wich nicht. Sie bemerkte, daß der Eindringling sich in großer Aufregung befand, und warf einen raschen Blick nach rückwärts, um sich zu vergewissern, daß der Weg zu ihrem Bette frei war, unter dessen Kissen der große Coltrevolver lag.

»Sei gegrüßt, o Frau mit dem wunderbaren Haar«, sagte Li Wan.

Aber sie sagte es in ihrer eigenen Sprache, die nur an einem ganz kleinen Fleckchen der Erde gesprochen wurde, und die beiden Frauen verstanden sie nicht.

»Soll ich Hilfe holen?« fragte Fräulein Giddings zitternd.

»Das arme Geschöpf ist harmlos, glaube ich«, antwortete Frau Van Wyck. »Und sieh nur ihre Fellkleider, wie zerlumpt und zerschlissen sie sind. Sie sind sicher einzig in ihrer Art. Ich kaufe sie mir für meine Sammlung. Hol' bitte meinen Beutel mit Goldstaub, Myrtle, und die Wagschale.«

Li Wan sah, wie die Lippen die Worte formten, aber die Worte waren unverständlich, und in diesem Augenblick banger Erwartung erkannte sie erst, daß es kein Verständigungsmittel für sie gab. Verzweifelt über ihre Stummheit, brach sie mit weit ausgebreiteten Armen aus: »O meine Schwester!« Die Tränen rannen ihr über die Wangen herab, als sie sich ihnen sehnsüchtig zuwandte, und ihre brechende Stimme verriet den Kummer, dem sie keine Worte zu leihen vermochte. Aber Fräulein Giddings zitterte, und selbst Frau Van Wyck war verwirrt.

»Ich möchte leben, wie ihr lebt. Eure Wege sind meine Wege, und unsere Wege sollen eins sein. Mein Gatte ist

Canim, das Kanu, und er ist groß und seltsam, und ich fürchte mich. Sein Weg ist die ganze Welt und endet nie, und ich bin müde. Meine Mutter war wie du, und ihr Haar war wie deines und ihre Augen wie deine. Und damals war das Leben freundlich für mich, und die Sonne war warm.«

Demütig kniete sie und beugte das Haupt zu Frau Van Wycks Füßen. Aber Frau Van Wyck zog, erschrocken über diese Leidenschaftlichkeit, ihre Füße an sich.

Li Wan erhob sich, nach Worten ringend. Ihre stummen Lippen vermochten nicht, das überwältigende verwandtschaftliche Gefühl auszusprechen.

»Handeln? Du handeln?« fragte Frau Van Wyck, indem sie nach Art überlegener Menschen gebrochen zu sprechen begann.

Sie berührte Li Wans zerlumpte Felle, um ihren Wunsch anzudeuten, und schüttete für mehrere hundert Dollar Goldstaub in die Wagschale. Sie rührte in dem Staub und ließ ihn verführerisch durch ihre Finger gleiten. Aber Li Wan sah nur diese milchweißen, so wohlgeformten Finger, die sich zart zu den rosigen, juwelengleichen Nägeln rundeten. Sie legte ihre eigene Hand daneben, diese verarbeitete, schwielige Hand, und weinte.

Frau Van Wyck mißverstand sie. »Gold,« ermunterte sie, »gutes Gold! Du handeln? Du tauschen?« Und sie legte wieder ihre Hand auf Li Wans Fellkleid. »Wieviel? Du verkaufen? Wieviel?« fuhr sie fort und ließ die Hand gegen den Strich der Felle gleiten, um sich zu vergewissern, daß die Säume mit Sehnenfaden genäht waren.

Aber Li Wan war ebenso taub wie stumm, und die Worte der Frau bedeuteten ihr nichts. Verzweiflung über ihren Mißerfolg ergriff sie. Wie sollte sie diesen Frauen verständlich machen, daß sie eine der Ihren war? Sie wußte, daß sie vom selben Stamme, daß sie Blutschwestern waren. Ihre Augen irrten durch das Innere der Hütte und blieben an den weichen Vorhängen, die rings an den Wänden hingen, an den weiblichen Kleidungsstücken, dem ovalen Spiegel und den eleganten Toilettegegenständen haften. Und diese Dinge beunruhigten sie, denn sie hatte ähnliche früher gesehen. Und als sie so darauf blickte, formten ihre Lippen unwillkürlich Laute, die auszusprechen sich ihre Kehle noch zitternd widersetzte. Dann überkam sie ein Gedanke, und sie versuchte sich zu fassen. Sie mußte ruhig sein. Sie mußte sich beherrschen, denn diesmal durfte sie sich keinem Mißverständnis aussetzen, sonst – – und sie rang mit einer Flut unterdrückter Tränen und beruhigte sich.

Sie legte die Hand auf den Tisch. »Tisch«, sagte sie klar und deutlich. »Tisch«, wiederholte sie.

Sie blickte Frau Van Wyck an, die zustimmend nickte. Li Wan frohlockte, beherrschte sich aber mit Anspannung aller Willenskraft und blieb ruhig. »Ofen«, fuhr sie fort. »Ofen.«

Und jedesmal, wenn Frau Van Wyck nickte, stieg Li Wans Aufregung. Stammelnd und zögernd, dann wieder in fieberhafter Hast, je nachdem die vergessenen Ausdrücke schnell oder langsam wieder auftauchten, ging sie durch die Hütte und nannte ein Ding nach dem andern beim Namen. Und als sie endlich stehenblieb, tat sie es triumphierend, in aufrechter Haltung und mit zurückgezogenem Kopf, erwartungsvoll, fragend.

»Katze«, sagte Frau Van Wyck lachend und buchstabierte nach Kinderart: »Ich – sehe – wie – die – Katze – eine – Maus – hascht.«

Li Wan nickte ernsthaft. Endlich begannen sie zu begreifen, diese Frauen. Ihr Blut färbte den Bronzeton ihrer Haut noch dunkler bei diesem Gedanken, und sie lächelte und nickte noch heftiger.

Frau Van Wyck wandte sich an ihre Freundin. »Ich vermute, sie hat irgendwo ein bißchen Missionserziehung genossen und will sich nun zeigen.«

»Natürlich«, kicherte Fräulein Giddings. »Die kleine Närrin. Ihre Eitelkeit bringt uns noch um unsern ganzen Schlaf.«

»Macht nichts, ich will nun mal die Jacke haben. Wenn sie auch alt ist, so ist es doch ausgezeichnete Arbeit – ein Prachtstück.« Sie wandte sich an ihre Besucherin: »Tauschen? Du? Tauschen? Wieviel? He! Wieviel, du?«

»Vielleicht will sie lieber ein Kleid oder etwas Derartiges haben«, meinte Fräulein Giddings.

Frau Van Wyck ging zu Li Wan und machte ihr ein Zeichen, daß sie ihr ihren Morgenrock für die Jacke geben wolle. Um den Abschluß des Handels zu beschleunigen, ergriff sie Li Wans Hand, legte sie zwischen die Spitzen auf ihrem wogenden Busen und rieb die Finger hin und her, damit Li Wan die Feinheit des Stoffes fühlte. Der edelsteinbesetzte Schmetterling jedoch, der das Gewand an dieser Stelle zusammenhielt, war nicht sicher befestigt, und so glitt der Stoff beiseite und entblößte eine feste weiße Brust, die noch nie die Berührung von Kinderlippen gespürt hatte.

Frau Van Wyck ordnete ruhig ihr Kleid; aber Li Wan stieß einen lauten Schrei aus und riß und zerrte an ihrem Fellhemd, bis ihre eigene Brust, fest und weiß wie die Evelyn Van Wycks, sich enthüllte. Mit unartikuliertem Stammeln und lebhaften Zeichen versuchte sie, ihre Stammesverwandtschaft zu beweisen.

»Ein Mischling«, erklärte Frau Van Wyck. »Ich dachte es mir gleich, als ich ihr Haar sah.«

Fräulein Giddings machte eine Bewegung des Absehens. »Stolz auf die weiße Haut ihres Vaters. Das ist ekelhaft. Gib ihr etwas, Evelyn, und laß sie gehen.«

Aber die andere seufzte. »Die Ärmste! Wenn ich nur etwas für sie tun könnte!«

Ein schwerer Fußtritt knirschte draußen im Sand. Dann öffnete sich die Tür der Hütte, und Canim trat ein. Fräulein Giddings sah sich einem plötzlichen Tode ausgesetzt und schrie, aber Frau Van Wyck trat ihm ruhig entgegen.

»Was willst du?« fragte sie.

»Guten Abend«, sagte Canim liebenswürdig und geradezu; dann zeigte er auf Li Wan: »Meine Frau.« Er streckte die Hand nach ihr aus, aber sie wies ihn zurück.

»Sprich, Canim! Sag' ihnen, daß ich ...«

»Daß du die Tochter Pow-Wah-Kaans bist? Nein, was geht sie das an? Was sollten sie sich daraus machen? Ich erzähle ihnen lieber, daß du ein schlechtes Weib bist, das sich aus dem Bett des Gatten fortschleicht, wenn der Schlaf schwer auf seinen Augen liegt.«

Wieder streckte er die Hand nach ihr aus, aber sie floh zu Frau Van Wyck, warf sich ihr zu Füßen und machte verzweifelte Anstrengungen, ihre Knie zu umklammern. Die Dame wich zurück und erlaubte Canim mit einem Blick, sich ihrer zu bemächtigen. r ergriff Li Wan unter den Armen und hob sie auf. Sie kämpfte in wahnsinniger Verzweiflung mit ihm, bis seine Brust vor Anstrengung wogte.

»Laß mich los, Canim«, schluchzte sie.

Aber er drehte ihr Handgelenk, bis sie den Kampf aufgab.

»Die Erinnerungen an die Zeit, da du ein kleines Vögelchen warst, sind allzu stark und verwirren dich«, sagte er.

»Ich weiß es! Ich weiß es!« brach sie aus. »Ich sehe den Mann auf Händen und Knien durch den Schnee kriechen. Und ich bin ein kleines Kind und sitze auf seinem Rücken. Und das war, ehe ich Pow-Wah-Kaan und die Zeit kannte, da ich in einem kleinen Winkel der Erde lebte.«

»Das weißt du,« antwortete er und drängte sie zur Tür, »aber du wirst mit mir den Yukon hinabwandern und wirst vergessen.«

»Nie werde ich es vergessen!« Wie rasend klammerte sie sich an den Türpfosten.

»Dann werde ich dich lehren, zu vergessen, ich, Canim, das Kanu!«

Und mit diesen Worten riß er ihre Finger los und schritt mit ihr den Weg hinab.

Der Bund der Alten

Vor dem Kriegsgericht stand ein Mann, bei dem es um Leben und Tod ging. Es war ein alter Mann, ein Eingeborener vom Weißfischfluß, der unterhalb des Le-Barge-Sees in den Yukon mündet. Ganz Dawson befand sich in Aufregung, ja, die Bevölkerung längs des Yukons auf tausend Meilen flußauf und -ab. Es war von jeher Brauch bei den land- und seeräuberischen Angelsachsen gewesen, den besiegten Völkern Gesetze zu geben, und oft sind diese Gesetze hart. Aber in Imbers Fall schien das Gesetz einmal unzulänglich und milde zu sein. Wollte man sie mathematisch berechnen, so entsprach die Strafe, die ihn treffen mußte, nicht der Schwere des Verbrechens. Daß er gestraft würde, stand von vornherein fest und konnte nicht bezweifelt werden: aber obwohl das Urteil auf Todesstrafe lauten mußte, besaß Imber ja nur ein einziges Leben, während es sich bei der Anklage gegen ihn um Dutzende von Menschenleben handelte.

Tatsächlich klebte das Blut so vieler Menschen an seinen Händen, daß die Zahl seiner Opfer sich nicht genau feststellen ließ. Eine Pfeife am Wegrande rauchend oder am Ofen hockend, machte man lose Überschläge über die Zahl seiner Opfer. Sie waren alle weiß gewesen, die armen Ermordeten, und sie waren einzeln, paar- oder scharenweise erschlagen worden. Und so sinnlos und unüberlegt waren diese Morde gewesen, daß sie der berittenen Polizei lange ein Mysterium gewesen waren, sogar in den Tagen der Kapitäne und später, als die Goldwäsche sich zu rentieren begann und ein Gouverneur von der Regierung geschickt wurde, um das Land für seinen Reichtum bezahlen zu lassen.

Aber noch mysteriöser war, daß Imber nach Dawson kam und sich selbst stellte. Es war spät im Frühling, und der Yukon murrte und wand sich unter seiner Eisdecke, als der alte Indianer mühsam das Flußufer hinauf klomm und blinzelnd an der Hauptstraße stehenblieb. Leute, die ihn hatten kommen sehen, bemerkten, daß er schwach und unsicher auf den Beinen war, und daß er zu einem Stapel Bauholz wankte, auf dem er sich niederließ. Hier saß er einen ganzen Tag und starrte geradeaus auf den ununterbrochenen Strom weißer Männer, der vorüberflutete. Mancher Kopf wandte sich neugierig zur Seite, um seinem stieren Blick zu begegnen, und mehr als eine Bemerkung fiel über den Alten. Unzählige Menschen erinnerten sich später, daß die ungewöhnliche Gestalt ihnen aufgefallen war, und brüsteten sich stets damit, daß sie sofort das Seltsame der Erscheinung erkannt hatten.

Aber es war Dickensen, Klein-Dickensen, vorbehalten, der Held des Tages zu werden. Klein-Dickensen war mit großen Träumen und einer Handvoll Geld ins Land gekommen; mit dem Gelde waren aber auch die schönen Träume verschwunden, und um den Betrag für die Rückreise nach den Staaten zu verdienen, hatte er eine Stellung bei der Maklerfirma Holbrook & Mason angenommen. Auf der andern Seite der Straße, gerade gegenüber dem Kontor von Holbrook & Mason, lag der Stapel Bauholz, auf den Imber sich gesetzt hatte. Dickensen sah ihn durch das Fenster, ehe er frühstücken ging, und als er vom Frühstück zurückkam und wieder zum Fenster hinaussah, saß der alte Siwash immer noch da.

Dickensen sah weiter zum Fenster hinaus, und auch er brüstete sich später stets mit seiner schnellen Auffassungsgabe. Er war ein romantisches Kerlchen, und so verglich er den unbeweglichen alten Heiden mit dem Schutzgeist der Siwashrasse, der ruhig auf die Heerscharen der angelsächsischen Eindringlinge starrte. Die Stunden gingen, aber Imber blieb unbeweglich sitzen und regte keine Muskel, und Dickensen mußte an den Mann denken, der einmal aufrecht auf einem Schlitten in der Hauptstraße gesessen hatte, wo die Leute von allen Seiten vorübergekommen waren. Man hatte geglaubt, daß der Mann sich ausruhe; als man ihn aber später berührte, fand man, daß er steif und kalt war. Er war mitten in der verkehrsreichen Straße erfroren. Um ihn zu strecken, damit man ihn in den Sarg legen konnte, mußte man ihn erst ans Feuer schleppen und ein bißchen auftauen. Es schauderte Dickensen bei der Erinnerung.

Später trat Dickensen auf die Straße, um eine Zigarre zu rauchen und ein wenig frische Luft zu schnappen, und gleich darauf kam Emily Travis zufällig vorbei. Emily Travis war fein, zart und reizend, und ob sie sich nun in London oder in Klondike befand, so kleidete sie sich stets, wie es sich für die Tochter eines millionenschweren Mineningenieurs geziemte. Klein-Dickensen legte seine Zigarre auf den Rand des Fensterrahmens, wo er sie leicht wiederfinden konnte, und lüftete den Hut. Sie hatten sich zehn Minuten unterhalten, als Emily Travis über Dickensens Schulter blickte und erschreckt aufschrie. Dickensen drehte sich um und war auch betroffen. Imber war über die Straße geschritten und stand nun, ein magerer und hungrig aussehender Schatten, da, den Blick auf das junge Mädchen geheftet.

»Was willst du?« fragte Klein-Dickensen zitternd, indem er seinen ganzen Mut zusammennahm.

Imber murmelte etwas und trat auf Emily Travis zu. Er betrachtete sie genau und eingehend, als wollte er sich jeden Quadratzentimeter ihrer Gestalt einprägen. Namentlich, schienen ihn ihr seidenweiches braunes Haar und die Farbe ihrer Wangen zu interessieren, die, leicht sommersprossig und zart, an den daunigen Reif von Schmetterlingsschwingen erinnerten. Er ging um sie herum und betrachtete sie mit einem berechnenden Blick, als studiere er die Linien im Bau eines Pferdes oder Schiffes. Bei dem Rundgang kam ihre rosige Ohrmuschel zwischen sein Auge und die sinkende Sonne, und er machte halt, um ihre rosenrote Durchsichtigkeit zu betrachten. Dann kehrte er zu ihrem Antlitz zurück und blickte lange und fest in die blauen Augen. Er brummte und legte die eine Hand auf ihren Arm mitten zwischen Schulter und Ellenbogen. Mit der andern Hand hob er ihren Unterarm und bog ihn zurück. Widerwille und Verwunderung zeigten sich auf seinen Zügen, und er ließ den Arm mit verächtlichem Grunzen fallen. Dann murmelte er einige Kehllaute, drehte ihr den Rücken zu und wandte sich an Dickensen.

Dickensen verstand nicht, was er sagte, und Emily Travis lachte. Imber wandte sich von einem zum andern und runzelte die Stirn, aber beide schüttelten den Kopf. Er war im Begriff zu gehen, als sie rief: »He, Jimmy! Komm mal her!«

Jimmy kam von der andern Seite der Straße. Er war ein großer, dicker Indianer, wie ein Weißer gekleidet, mit einem

El-Dorado-Sombrero auf dem Kopfe. Er sprach mit Imber, mühselig und mit krampfhafter Heiserkeit. Jimmy war ein Sitkan und kannte die Mundarten des Innern nur oberflächlich. »Ihn Weißfischmann«, sagte er zu Emily Travis. »Mich kennen sein Sprach nicht viel. Ihn sprechen wollen Häuptling von weiße Männer.«

»Den Gouverneur«, ließ Dickensen einfallen.

Jimmy sprach noch etwas mit dem Weißfischmann, und sein Gesicht wurde ernst und bestürzt.

»Ich glauben, ihn fragen nach Käptn Alexander«, erklärte er. »Ihn sagen, ihn töten weiße Männer, weiße Frauen, weiße Knaben, ihn töten viele weiße Leute. Ihn wollen sterben.«

»Wahrscheinlich verrückt«, sagte Dickensen mit einer bezeichnenden Handbewegung.

»Vielleicht, vielleicht«, sagte Jimmy und wandte sich wieder an Imber, der immer noch nach dem Häuptling der weißen Männer fragte.

Ein Polizist trat zu der Gruppe und hörte, wie Imber seinen Wunsch wiederholte. Er war ein handfester junger Bursche, breitschultrig und breitbrüstig, mit festen, etwas gespreizten Beinen, und so groß Imber auch war, war er doch noch einen halben Kopf größer. Seine Augen waren kühl, grau und ruhig, und er trug das eigentümliche Selbstbewußtsein zur Schau, das von edlem Herkommen stammt. Seine prachtvolle Männlichkeit wurde noch betont durch eine ausgesprochene Jungenhaftigkeit – er war blutjung–, und seine glatten Wangen schienen so leicht zu erröten wie die einer Jungfrau.

Imber fühlte sich gleich zu ihm hingezogen. Seine Augen leuchteten beim Anblick einer Säbelhiebnarbe auf seiner Backe. Er ließ seine welke Hand über das Bein des jungen Mannes gleiten und streichelte seine schwellenden Muskeln. Er beklopfte mit den Knöcheln die breite Brust und drückte und betastete die dicke Muskelschicht, die seine Schultern wie ein Harnisch bedeckte. Die Gruppe hatte sich um einige neugierige Passanten vermehrt – rauhe Minenarbeiter, Gebirgs- und Grenzbewohner, Abkommen langbeiniger und breitschultriger Generationen. Imber sah von einem zum andern und sagte dann laut etwas in der Weißfischsprache.

»Was sagt er?« fragte Dickensen.

»Ihn sagen, das sein ein Mann, das Polizeimann«, erklärte Jimmy.

Klein-Dickensen war nur klein, und wegen Fräulein Travis' Anwesenheit bereute er seine Frage.

Dem Polizisten tat er leid, und er sprang in die Bresche. »Ich glaube fast, es ist etwas an seiner Geschichte. Ich will ihn mit zum Kapitän nehmen. Sag' ihm, daß er mich begleiten soll, Jimmy.«

Jimmy willfahrte dem Wunsche in noch krampfhafteren Kehllauten, und Imber brummte zufrieden.

»Aber frag' ihn, Jimmy, was er meinte, als er meinen Arm faßte.«

So sprach Emily Travis, und Jimmy gab die Frage weiter, und er nahm die Antwort entgegen.

»Ihn sagen, du nicht bange«, sagte Jimmy.

Emily Travis sah froh aus.

»Ihn sagen, du nicht skookum, nicht stark, du sehr zart wie kleines Kind. Ihn brechen dich mit seinen Händen in Stücke. Ihn finden es sehr komisch, sehr merkwürdig, daß du kannst werden Mutter von Männern so groß, so stark wie Polizeimann.«

Emily Travis blickte nicht fort, aber ihre Wangen färbten sich rot. Klein-Dickensen errötete auch und wurde ganz verlegen. Dem Polizisten strömte sein Knabenblut ins Gesicht.

»Komm«, sagte er barsch und bahnte sich einen Weg durch die Menge.

So kam es, daß Imber den Weg nach den Militärbaracken nahm, wo er freiwillig ein umfassendes Geständnis ablegte, und von wo er nie zurückkehren sollte.

Imber sah sehr abgespannt aus. Die Ermüdung der Hoffnungslosigkeit und des Alters stand auf seinen Zügen. Seine Schultern hingen, und seine Augen waren glanzlos. Sein wirres Haar hätte weiß sein müssen, aber Sonne, Wind und Wetter hatten es verbrannt und verwittert, so daß es strähnig, leb- und farblos herabhing. Er zeigte keinerlei Interesse für die

Vorgänge um ihn her. Der Gerichtssaal war vollgepfropft mit Männern von den Flüssen und Wegen, und in dem leisen Murren und Knurren ihrer Stimmen lag ein unheilverkündender Klang, der in seinen Ohren klang wie das Rauschen des Meeres in tiefen Höhlen.

Er saß dicht an einem Fenster und ließ seine Augen hin und wieder teilnahmlos auf der trüben Szenerie draußen ruhen. Der Himmel war bedeckt, und ein grauer Staubregen fiel. Der Yukon war im Steigen begriffen. Der eisfreie Fluß überschwemmte die Stadt. In der Hauptstraße fuhren die immer rastlosen Menschen in Kanus und Booten hin und her. Meistens sah er, wie diese Boote sich von der Straße seitwärts wandten und auf das überschwemmte Viereck zuhielten, das den Exerzierplatz des Lagers bezeichnete. Zuweilen verschwanden die Fahrzeuge unter ihm, und er hörte, wie sie gegen die Balken des Hauses schrammten und ihre Besitzer durchs Fenster des tiefergelegenen Stockwerks hineinkletterten. Hierauf vernahm er das Plätschern, wenn die Männer im Zimmer darunter durch das Wasser wateten und die Treppe herauf kamen. Dann erschienen sie in der Tür mit gezogenen Hüten und triefenden Schifferstiefeln und schlossen sich der wartenden Menge an.

Und während sie ihre Blicke auf ihn hefteten und in grimmiger Erwartung schon die Strafe genossen, die er erleiden sollte, betrachtete Imber sie und dachte nach über ihre Gebräuche und Gesetze, die niemals schliefen, sondern ununterbrochen wirkten, in guten und schlechten Zeiten, bei Überschwemmung und Hungersnot, in Sorge und Schrecken und Tod, und die unaufhörlich weiterleben würden bis ans Ende aller Tage.

Ein Mann klopfte scharf auf einen Tisch, und die Unterhaltung erstarb. Imber sah den Mann an. Er schien Autorität zu besitzen, aber Imber erriet, daß der Mann mit der vierkantigen Stirn, der an einem Fische weiter hinten saß, der Häuptling über alle, auch über den, der geklopft hatte, war. Ein anderer Mann am selben Tische erhob sich und begann aus vielen Bogen Papier laut vorzulesen. Bei Beginn jedes Bogens räusperte er sich, und am Schlüsse feuchtete er sich die Finger an. Imber verstand nicht, was er las, aber die andern taten es, und Imber sah, daß sie zornig wurden. Zuweilen wurden sie sehr zornig, und einmal fluchte ihm ein Mann, langsam, mit scharf betonten Silben sprechend, brennend und scharf, bis der Mann am Tische ihn durch Klopfen zur Ruhe brachte.

Unendlich lange las der Mann. Seine eintönige, singende Aussprache verlockte Imber zu Träumen, und er träumte tief, als der Mann innehielt. Eine Stimme sprach ihn in seiner eigenen Weißfischsprache an, und er raffte sich auf und erkannte ohne Überraschung den Sohn seiner Schwester, einen jungen Mann, der vor Jahren ausgewandert war, um sich bei den Weißen niederzulassen.

»Du kennst mich nicht mehr?« sagte er statt eines Grußes.

»Doch«, antwortete Imber. »Du bist Howkan, der fortzog. Deine Mutter ist tot.«

»Sie war eine alte Frau«, sagte Howkan.

Aber Imber hörte nicht, und Howkan legte ihm die Hand auf die Schulter und weckte ihn wieder.

»Ich werde dir sagen, was der Mann gesprochen hat: Es ist die Geschichte der Untaten, die du verübt hast, und die du, o Tor, dem Kapitän erzählt hast. Und du wirst erklären, ob es wahr ist oder nicht. So ist es befohlen.«

Howkan war in die Mission geraten, und dort hatte man ihn lesen und schreiben gelehrt. In seinen Händen hielt er die vielen dünnen Bogen, aus denen der Mann vorgelesen hatte und die, als Imber, mit Jimmy als Dolmetscher, sein Geständnis vor Kapitän Alexander abgelegt hatte, von einem Schreiber beschrieben worden waren. Jetzt begann Howkan zu lesen. Imber lauschte eine Weile, dann zeigte sich Erstaunen in seinen Zügen, und er unterbrach ihn schroff.

»Das ist, was ich gesagt habe, Howkan. Aber jetzt kommt von deinen Lippen, was deine Ohren nicht gehört haben.«

Howkan schmunzelte selbstzufrieden. Sein Haar war mitten über der Stirn gescheitelt. »Nein, es kommt aus dem Papier, o Imber. Meine Ohren haben es nie gehört. Es kommt aus dem Papier durch meine Augen in meinen Kopf und aus meinem Munde zu dir. Das ist der Weg, den es geht.«

»Das ist der Weg, den es geht? Und es ist in dem Papier da?« Imbers Stimme senkte sich zu einem ehrerbietigen Flüstern, währenddem er die Bogen zwischen Daumen und Zeigefinger knistern ließ und auf die Schriftzeichen starrte. »Das ist eine große Medizin, Howkan, und du bist ein Wundertäter.«

»Das ist gar nichts, das ist gar nichts«, antwortete der junge Mann nachlässig und stolz. Dann las er aufs Geratewohl einen Satz aus dem Dokument: »In diesem Jahre kam, ehe das Eis brach, ein alter Mann mit einem Knaben, der hinkte. Die tötete ich ebenfalls, und der alte Mann machte sehr viel Lärm —«

»Das ist wahr«, unterbrach Imber ihn atemlos. »Er machte sehr viel Lärm und brauchte lange, um zu sterben. Aber woher weißt du das, Howkan? Hat der Häuptling der weißen Männer es dir vielleicht erzählt? Niemand sah es, und er ist der einzige, dem ich es gesagt habe.«

Howkan schüttelte ungeduldig den Kopf. »Habe ich dir nicht gesagt, daß es auf dem Papier steht, du Narr?«

Imber starrte auf das beschriebene Blatt. »Wie der Jäger den Schnee betrachtet und sagt: Erst gestern ist hier ein Kaninchen vorbeigekommen; hier bei den Weiden machte es halt, lauschte und hörte etwas und wurde bange; hier machte es kehrt und lief zurück; hier machte es schnelle, weite Sprünge, und hier kam ein Luchs mit noch schnelleren und weiteren Sprüngen; hier, wo die Klauen sich tief in den Schnee gegraben haben, machte der Luchs einen sehr weiten Satz, und hier packte er das Kaninchen, und es rollte unter ihn, und hier ist die Spur des Luchses allein und kein Kaninchen mehr – wie der Jäger die Zeichen im Schnee sieht und so und so und hier und da sagt, so siehst du auf das Papier und erkennst die Dinge, die der alte Imber getan hat.«

»Geradeso«, sagte Howkan. »Und nun hör' zu und halt deine Weiberzunge zwischen deinen Zähnen, bis man verlangt, daß du sprichst.«

Hierauf las Howkan ihm sein Geständnis vor. Es dauerte lange, und Imber saß nachdenklich und schweigend da. Zuletzt sagte er:

»Das ist, was ich gesagt habe, und wahr ist es, aber ich bin alt geworden, Howkan, und mir fallen Dinge ein, die ich vergessen habe, und die der Häuptling dort wissen sollte. Erstens war da der Mann, der mit klug erdachten Fallen aus Eisen über die Gletscher kam, er, der die Biber des Weißfischflusses jagte. Ihn erschlug ich. Und dann waren da drei Männer, die vor langer Zeit am Weißfischfluß Gold suchten. Die tötete ich auch und ließ sie dem Vielfraß. Und bei den Fünf Fingern war ein Mann mit einem Floß und viel Fleisch.«

In den Pausen, die Imber machte, um nachzudenken, übersetzte Howkan, was er gesagt hatte, und ein Schreiber schrieb es nieder. Das Gericht lauschte gespannt auf jede dieser ungeschminkten kleinen Tragödien, bis Imber von einem rothaarigen, schieläugigen Manne erzählte, den er durch einen Schuß auf ungewöhnliche Entfernung getötet hatte.

»Teufel auch«, sagte ein Mann in der vordersten Reihe der Zuhörer. Er sagte es in tiefempfundenem, traurigem Ton. Er war rothaarig. »Teufel auch«, wiederholte er. »Das war mein Bruder Bill.« Und mit regelmäßigen Zwischenräumen hörte man während der ganzen Sitzung sein feierliches »Teufel auch« im Gerichtssaal; er ließ sich weder von seinen Kameraden noch von einem Manne am Tische zum Schweigen bringen.

Imbers Kopf sank wieder herab, und seine Augen wurden trübe, wie von einem Schleier überzogen, der die Welt vor ihm verbarg.

Da weckte Howkan ihn wieder:

»Steh auf, o Imber. Es wird befohlen, daß du erzählst, warum du dieses Unheil angerichtet und diese Menschen getötet hast, und warum du zuletzt hierhergekommen bist, um das Gesetz zu suchen.« Imber erhob sich schwerfällig und schwankend. Er begann leise murmelnd zu erzählen, aber Howkan unterbrach ihn.

»Dieser alte Mensch ist ganz verrückt«, sagte er auf Englisch zu dem Manne mit der vierkantigen Stirn. »Seine Rede ist töricht und wie die eines Kindes.«

»Wir wollen seine Rede hören, die wie die eines Kindes ist«, sagte der Mann mit der vierkantigen Stirn. »Und wir wollen sie Wort für Wort hören, genau wie er sie spricht. Verstehst du?«

Howkan verstand, und Imbers Augen leuchteten, denn er hatte dies Spiel zwischen seinem Neffen und dem mächtigen Manne verstanden. Und dann begann die Erzählung, das Epos eines bronzefarbigen Patrioten, selbst wert, in Bronze gegossen und für ungeborene Geschlechter aufbewahrt zu werden. Eine seltsame Stille legte sich über die Menge, und der Richter mit der vierkantigen Stirn stützte den Kopf in die Hand und sann nach über seine Seele und die Seele seiner Rasse. Man hörte nichts als die tiefen Laute Imbers, regelmäßig unterbrochen von der schrillen Stimme des Dolmetschers, und hin und wieder wie den Schlag einer tiefen Kirchenglocke das erstaunte und nachdenkliche »Teufel auch« des rothaarigen Mannes.

»Ich bin der Imber vom Weißfischflusse.« So übersetzte Howkan, dessen angeborene Barbarei Macht über ihn gewann, und der seine Missionserziehung und seinen Zivilisationsfirnis vergaß, als er von dem wilden Klange und dem Rhythmus der Erzählung des alten Imber gepackt wurde. »Mein Vater war Otsbaok, ein starker Mann. Das Land war warm von Sonnenschein und Frohsinn, als ich Knabe war. Das Volk hungerte weder nach fremden Dingen, noch lauschte es neuen Stimmen, und die Wege seiner Väter waren auch seine Wege. Die Frauen fanden Gnade vor den Augen der jungen Männer, und die jungen Männer blickten mit Zufriedenheit auf sie. Säuglinge hingen an den Brüsten der Frauen, und die Hüften der Frauen waren schwer vom Wachstum des Stammes. Männer waren Männer in jenen Tagen. In Frieden und Überfluß wie in Krieg und Hunger waren sie Männer.

Damals gab es mehr Fische im Wasser als jetzt und mehr Wild im Walde. Unsere Hunde waren Wölfe, warm in ihrem dicken Pelz und abgehärtet gegen Frost und Sturm. Und wie unsere Hunde, so waren auch wir, denn auch wir waren abgehärtet gegen Frost und Sturm. Und als die Pellys in unser Land kamen, töteten wir sie oder wurden getötet. Denn wir waren Männer, wir vom Weißfischvolke, und unsere Väter und die Väter unserer Väter hatten mit den Pellys gekämpft und die Grenzen des Landes festgesetzt.

Ja, wie unsere Hunde, so waren auch wir. Und eines Tages kam der erste weiße Mann. Auf Händen und Knien schleppte er sich über den Schnee. Und seine Haut war straff gespannt, und die Knochen stachen spitz heraus. Nie hat es einen solchen Mann gegeben, dachten wir, und wir wunderten uns, aus welchem fremden Stamme er sein und wo sein Land liegen mochte. Und er war schwach, sehr schwach, wie ein kleines Kind, so daß wir ihm einen Platz am Feuer und warme Pelze gaben, und wir gaben ihm zu essen, wie man kleinen Kindern zu essen gibt. Und bei ihm war ein Hund, so groß wie drei von unsern Hunden, aber sehr schwach. Das Haar dieses Hundes war kurz und nicht warm, und sein Schwanz war erfroren, so daß die Spitze abfiel. Und diesen fremden Hund fütterten wir und jagten unsere Hunde vom Feuer fort, damit er daran liegen konnte, denn sonst hätten sie ihn getötet. Und das Elchfleisch und der in der Sonne gedörrte Lachs brachten Mann und Hund wieder zu Kräften, und wie die Kräfte kamen, wurden sie groß und unerschrocken. Und der Mann sprach laute Worte und lachte über die alten und jungen Männer und betrachtete die Jungfrauen mit dreisten Blicken. Und der Hund kämpfte mit unsern Hunden, und obwohl er kurzhaarig und weichlich war, biß er drei von ihnen an einem Tage tot.

Als wir den Mann nach seinem Volke fragten, sagte er: ›Ich habe viele Brüder‹ und lachte auf eine Weise, die nicht gut war. Und als er seine volle Kraft wieder hatte, zog er fort, und mit ihm zog Noda, die Tochter des Häuptlings. Dann warf eine unserer Hündinnen. Und nie hat man solche Welpen gesehen – dickköpfig, großmäulig und kurzhaarig und hilflos. Ich entsinne mich deutlich meines Vaters Otsbaok, eines starken Mannes. Sein Gesicht wurde schwarz vor Zorn über solche Hilflosigkeit, und er nahm einen Stein, und gleich darauf gab es keine Hilflosigkeit mehr. Und zwei Sommer darauf kam Noda wieder zu uns mit einem Knaben auf dem Arm. Und so begann es. Dann kam ein anderer weißer Mann mit kurzhaarigen Hunden, die er zurückließ, als er fortzog. Und mit ihm gingen sechs unserer stärksten Hunde, die er von Koo-So-Tee, dem Bruder meiner Mutter, für eine wunderbare Pistole gekauft hatte, die sehr schnell sechsmal hintereinander schießen konnte. Und Koo-So-Tee war sehr stolz auf seine Pistole und lachte über unsere Bogen und Pfeile. ›Weiberkram‹ nannte er sie und trat einem Grizzlybären mit der Pistole in der Hand entgegen. Nun ist es bekanntlich nicht gut, einen Bären mit einer Pistole zu jagen, aber wie sollten wir das wissen? Und wie konnte Koo-So-Tee das wissen? Also er trat dem Bären keck entgegen und schoß seine Pistole sehr schnell sechsmal ab; aber der Bär brummte nur und erdrückte ihn an seiner Brust, als ob er ein Ei wäre, und wie der Honig aus dem Nest der wilden Bienen, so tropfte Koo-So-Tees Hirn zu Boden. Er war ein guter Jäger gewesen, und jetzt gab es niemand, der seiner Squaw und seinen Kindern Fleisch bringen konnte. Und wir wurden erbittert und sagten: ›Was gut für die weißen Männer ist, ist nicht gut für uns.‹ Und das ist wahr. Es gibt viele weiße Männer, und sie sind fett, aber ihre Sitten haben uns verzehrt. Es kam der dritte weiße Mann, mit großen Reichtümern an jeder Art wundersamen Nahrungsmitteln und andern Dingen. Er erstand zwanzig von unsern stärksten Hunden. Und mit Geschenken und großen Versprechungen lockte er zehn von unsern jungen Jägern mit auf die Reise, von der keiner wußte, wohin sie ging. Es heißt, daß sie im Schnee auf den Eisbergen umkamen, wo nie ein Mensch gewesen ist, oder auf den Hügeln des Schweigens, die hinter dem Ende der Welt liegen. Wie dem auch sein mochte, jedenfalls wurden Hunde und junge Jäger nie mehr vom Weißfischvolke gesehen.

Und mit den Jahren kamen mehr weiße Männer, und immer, gegen Bezahlung und Geschenke, nahmen sie junge Männer mit. Und die jungen Männer kehrten zuweilen zurück mit so seltsamen Geschichten über Gefahren und Mühseligkeiten in Ländern, die hinter dem der Pellys lagen, und zuweilen kehrten sie nicht zurück. Und wir sagten: ›Wenn sie sich nicht fürchten, ihr Leben aufs Spiel zu setzen, diese weißen Männer, so ist es, weil ihrer viele sind; aber wir hier am Weißfischflusse sind unser wenige, und unsere jungen Männer dürfen nicht mehr fortziehen.‹ Aber die jungen Männer zogen weiterhin fort und die jungen Weiber auch, und wir waren sehr zornig.

Wahr ist, wir aßen Mehl und gesalzenen Speck und tranken Tee, was uns großes Vergnügen bereitete; wenn wir aber keinen Tee bekommen konnten, war es sehr schlimm, und wir wurden mürrisch und gerieten schnell in Wut. So sehnten wir uns nach den Dingen, die die weißen Männer uns verhandelten. Handel! Handel! Immer wurde gehandelt. Einen Winter verkauften wir unser Fleisch für unbrauchbare Uhren und für abgenutzte Feilen und Pistolen, zu denen die Patronen fehlten. Und dann kam Hungersnot, und wir hatten kein Fleisch und zweimal zwanzig von uns starben, ehe der Frühling kam. ›Jetzt sind wir schwach geworden‹, sagten wir, ›und jetzt werden die Pellys uns überfallen und unsere Grenzen auslöschen.‹ Aber wie uns, so war es auch den Pellys ergangen, und sie waren zu schwach, gegen uns zu ziehen.

Mein Vater Otsbaok, ein starker Mann, war jetzt alt und sehr weise. Und er sprach zum Häuptling und sagte: ›Sieh, unsere Hunde sind wertlos. Nicht länger sind sie dickpelzig und stark, und sie sterben im Frost und im Geschirr. Laß uns ins Dorf gehen und sie töten und nur die verschonen, die von Wölfen abstammen. Die laß uns des Nachts draußen anbinden, damit sie sich mit den wilden Wölfen des Waldes paaren können. So werden wir wieder warme, kräftige Hunde erhalten.‹

Und seine Worte fanden Gehör, und das Weißfischvolk wurde bekannt wegen seiner Hunde, die die besten im Lande waren. Aber um unserer selbst willen wurden wir nicht bekannt. Die besten unserer jungen Männer und Frauen waren fortgezogen mit den weißen Männern, um auf Wegen und Flüssen nach fernen Orten zu wandern. Und die jungen Frauen kamen zurück, alt und gebrochen wie Noda, oder sie kehrten gar nicht wieder. Und die jungen Männer kamen zurück, um eine Zeitlang an unserm Feuer zu sitzen, voll von übler Rede und roher Art, sie tranken und spielten lange Tage und Nächte hindurch, eine große Unrast lebte in ihren Herzen, bis der Ruf der weißen Männer zu ihnen drang und sie wieder fortzogen nach unbekannten Orten. Und sie waren ohne Ehre und Achtung, sie spotteten der alten Gebräuche und lachten Häuptling und Schamanen ins Gesicht.

Ja, wir waren ein schwaches Häufchen geworden, wir Weißfische. Wir verkauften unsere warmen Pelze und Felle für Tabak und Whisky und dünnen Baumwollstoff, in dem wir vor Kälte schauerten. Und der Husten kam über uns, und Männer und Frauen husteten und schwitzten die langen Nächte hindurch, und die Jäger auf der Fährte des Wildes spuckten Blut in den Schnee. Bald blutete der eine, bald der andere und starb. Und die Frauen gebaren wenig Kinder, und die wenigen waren schwach und kränklich. Und andere Krankheiten kamen von den weißen Männern zu uns, Krankheiten, wie wir sie nie gekannt hatten, und auf die wir uns nicht verstanden. Pocken und Masern habe ich diese Krankheiten nennen hören, und wir starben an ihnen, wie der Lachs im Herbst im stillen Bergstrom stirbt, wenn er gelaicht hat und nicht mehr zu leben braucht. Und immer noch, und das ist das Seltsame daran, kommen die weißen Männer wie der Atem des Todes; alle ihre Wege führen zum Tode, ihre Nüstern sind voll von ihm, und doch sterben sie nicht. Ihrer ist Whisky, der Tabak und die kurzhaarigen Hunde; ihrer sind die vielen Krankheiten, die Pocken und die Masern, der Husten und das Bluten aus dem Munde; ihrer die weiße Haut und die Empfindlichkeit gegen Frost und Sturm; ihrer die Pistolen, die sechsmal sehr schnell hintereinander schießen und die wertlos sind. Und dennoch werden sie dick und gedeihen mit ihren vielen Übeln und legen eine schwere Hand auf die ganze Welt und stampfen schwer über ihre Völker. Und ihre Frauen sind zart wie kleine Kinder, leicht zerbrechlich und doch nie zerbrochen, Mütter von Männern. Und aus all dieser Weichlichkeit und Krankheit und großen Schwäche erwachsen Stärke, Macht und Herrschertum. Sie sind Götter oder Teufel, wie dem nun sein mag. Ich weiß es nicht. Was ich weiß, ich, der alte Imber von den Weißfischen? Nur das weiß ich, daß sie unerforschlich sind, diese weißen Männer, die über die ganze Erde wandern und überall kämpfen. Ja, das

Wild im Walde wurde immer seltener. Es ist wahr, die Büchse des weißen Mannes ist eine vortreffliche Waffe und tötet auf weite Entfernung; aber was nützt die Büchse, wenn es kein Wild zu töten gibt? Als ich ein Knabe am Weißfischflusse war, gab es Elche auf jedem Hügel, und jedes Jahr kamen unzählige Renntiere. Aber jetzt kann der Jäger zehn Tage lang einer Fährte folgen, und nicht ein einziger Elch erfreut sein Auge, und die unzähligen Renntiere sind verschwunden. Wenig wert ist die Büchse, sage ich, die auf weite Entfernung tötet, wenn es nichts zu töten gibt.

Und ich, Imber, sann über diese Dinge nach und sah unterdessen, wie die Weißfische und die Pellys und alle Stämme im Lande ausstarben wie das Wild im Walde. Lange sann ich nach. Ich sprach mit den Schamanen und mit den alten und weisen Männern. Ich hielt mich abseits, damit der Lärm des Dorfes mich nicht störte, und ich aß kein Fleisch, daß mein Magen mich nicht beschweren und Auge und Ohr erschlaffen sollten. Lange und schlaflos saß ich im Walde und wartete mit offenen Augen auf das Zeichen und mit geduldig lauschenden Ohren auf die Worte, die da kommen sollten. Und ich wanderte allein im Dunkel der Nacht das Flußufer hinab, wo der Wind klagte, das Wasser schluchzte, und wo ich Weisheit bei den Geistern alter verstorbener Schamanen in den Bäumen suchte. Und zuletzt kamen, wie in einer Vision, die abscheulichen kurzhaarigen Hunde zu mir, und der Weg lag deutlich vor mir. Durch die Weisheit Otsbaoks – er war mein Vater und ein starker Mann – war das Blut unsrer eigenen Wolfshunde rein geblieben, und daher hatten sie ihren warmen Pelz und ihre Stärke im Geschirr behalten. Und so kehrte ich in mein Dorf zurück und sprach zu den Männern. ›Dies ist ein Stamm, diese weißen Männer,‹ sagte ich, › ein sehr großer Stamm, und sicherlich gibt es kein Wild mehr in ihrem Lande, und nun kommen sie zu uns, um selbst neues Land zu erhalten. Aber sie machen uns schwach, und wir müssen sterben. Sie sind ein sehr hungriges Volk. Schon hat unser Wild uns verlassen, und wenn wir leben wollen, müssen wir mit ihnen verfahren, wie wir es mit ihren Hunden getan haben.‹

Und ich redete weiter und riet zum Kampf. Und die Männer der Weißfische lauschten, und einige sagten dies und andere das, und einige sprachen von andern, gleichgültigen Dingen, aber niemand sprach kühn von Taten und Kampf. Während aber die jungen Männer weich wie Wasser und furchtsam waren, bemerkte ich, wie die Alten schwiegen und in ihren Augen das Feuer kam und ging. Und später, als das Dorf schlief und niemand davon wußte, führte ich die alten Männer in den Wald und sprach noch mehr. Und jetzt waren wir einig, und wir erinnerten uns der guten Tage unserer Jugend und des freien Landes und des Reichtums und des Frohsinns und des Sonnenscheins, und wir nannten uns Brüder und schworen uns tiefstes Geheimnis und einen mächtigen Eid, das Land von der bösen Brut zu reinigen, die sich darin niedergelassen hatte. Es ist klar, daß wir Toren waren, aber wie konnten wir das wissen, wir Alten vom Weißfischvolke?

Und um die andern anzufeuern, beging ich die erste Tat. Ich lauerte am Yukon, bis das erste Kanu den Fluß hinabkam. In ihm saßen zwei weiße Männer, und als ich mich am Ufer erhob und die Hand hob, änderten sie den Kurs und ruderten auf mich zu. Und als der Mann im Steven den Kopf aufrichtete, um zu wissen, was ich von ihm wollte, sang mein Pfeil durch die Luft gerade in seine Kehle, und er wußte es. Der andere Mann, der achtern am Ruder saß, hatte die Büchse halb zur Schulter gehoben, als der erste meiner drei Wurfspieße ihn traf.

›Das waren die ersten‹, sagte ich, als die Alten sich um mich scharten. ›Später wollen wir die jungen Männer, die noch stark sind, sammeln, dann wird die Arbeit leicht sein.‹

Und dann warfen wir die beiden toten Männer in den Fluß. Und aus dem Kanu, das ein sehr gutes Kanu war, machten wir ein Feuer und ebenso aus den Dingen, die im Kanu waren. Aber erst sahen wir uns die Dinge an; es waren Ledersäcke, die wir mit unsern Messern aufschnitten. Und in diesen Säcken war eine Menge Papier, gerade wie das, aus dem du liest, Howkan, mit Zeichen darauf, über die wir uns wunderten, und die wir nicht verstehen konnten. Jetzt bin ich weise geworden und weiß, daß es die Rede von Menschen ist, was du mir erzählt hast.«

Ein Flüstern und Summen ging durch den Gerichtssaal, als Howkan diese Geschichte vom Kanu fertig übersetzt hatte, und die Stimme eines Mannes sagte laut: »Das war die Post, die im Jahre 1891 verlorenging; Peter James und Delany brachten sie, und zuletzt hörte man von ihnen in Le Barge, wo sie Matthrews trafen.« Der Schreiber kritzelte ruhig weiter, und die Geschichte des Nordens wurde um ein neues Kapitel vermehrt.

»Es gibt nicht viel mehr«, fuhr Imber langsam fort. »Sie stehen in dem Papier, die Dinge, die wir taten. Wir waren alte Männer, und wir verstanden nicht. Selbst ich, Imber, verstehe es jetzt noch nicht. Im geheimen töteten und töteten wir, denn das Alter hatte uns listig gemacht, und wir hatten gelernt, wie schnell es geht, wenn man nicht eilt. Als weiße Männer mit bösen Blicken und harten Worten zu uns kamen und sechs der jungen Männer in eisernen Fesseln fortführten, wußten wir, daß wir weiter töten mußten. Und einer nach dem andern zogen wir Alten den Fluß hinauf nach unbekannten Ländern. Das war tapfer. Alt waren wir und unerschrocken, aber die Furcht vor der Ferne ist eine schreckliche Furcht für Männer, die alt sind.

So töteten wir, listig und ohne Hast. Auf dem Chilcoot und im Delta töteten wir, von den Pässen bis ans Meer, überall, wo die weißen Männer sich ihren Weg bahnten und ihr Lager aufschlugen. Es ist wahr, sie starben, aber es half nichts. Immer wieder kamen sie über die Berge, immer mehr, während unter den Alten immer weniger wurden. Ich erinnere mich des Lagers eines weißen Mannes beim Renntierkreuzweg. Er war ein sehr kleiner weißer Mann, und drei von den Alten überraschten ihn im Schlafe. Und am nächsten Tage stieß ich auf alle vier. Der weiße Mann war der einzige, der noch atmete, und es war Atem genug in ihm, um mich zu verfluchen, ehe er starb.

Und so ging es, bald ein alter Mann und bald ein anderer. Manchmal erfuhren wir lange hinterher, wie sie gestorben waren, und manchmal erfuhren wir gar nichts davon. Und die alten Männer der andern Stämme waren gebrechlich und ängstlich und wollten sich uns nicht anschließen. Wie ich sage: einer nach dem andern, bis ich allein übrig war. Ich bin Imber vom Weißfischvolke. Mein Vater war Otsbaok, ein starker Mann. Jetzt gibt es kein Weißfischvolk mehr. Von den Alten bin ich der letzte. Die jungen Männer und Frauen sind fortgezogen, manche, um mit den Pellys, manche, um mit den Lachsen, und die meisten, um mit den weißen Männern zusammenzuleben. Ich bin sehr alt und sehr müde, und da es zu nichts führt, gegen das Gesetz zu kämpfen, bin ich, wie du sagst, Howkan, gekommen, um das Gesetz zu suchen.«

»O Imber, du bist wahrlich ein Tor«, sagte Howkan. Doch Imber träumte. Der Richter mit der vierkantigen Stirn träumte ebenfalls, und seine ganze Rasse erhob sich vor ihm in einem mächtigen Phantasiegebilde, seine eisenbeschlagene, gepanzerte Rasse, die Gesetzgeberin und Weltschöpferin unter den Geschlechtern der Menschen. Wie im Morgenrot sah er sie hinter finsteren Wäldern und düsteren Meeren tagen, in blutrot flammendem Triumph, und den dunkelbeschatteten Hang hinab sah er den blutroten Sand in die Nacht tropfen. Und in allem sah er das Gesetz, das mächtige, unbarmherzige, unabänderliche und stets gebieterische, größer als die Menschenstäubchen, die es erfüllten oder von ihm zermalmt wurden, wie es auch größer war als er, dessen Herz jetzt nach Frieden verlangte.